GOBOOKS & SITAK GROUP©

NO.05

影子戰爭

人物設定

茉妮卡·雪菲爾

年齡：19歲　**身高**：165cm

體重：55kg　**配件**：巨大的紅色行李箱。(咦)

其他：非常有錢，喜歡紅茶。

歷史系的十九歲英國少女，金髮美人，身材惹火，胸部非常引人注目，眼神天真無邪，好奇心非常重，雖然身體是成熟的大人但是性格卻像小孩子一樣，喜歡紅色衣物，穿著常常不經意地暴露。

頭腦很好但是有點天然，性格執著，對於歷史鑽研非常深，意外地是學者型，嗜喝紅茶。

在能力覺醒後暫時休學旅行，以能力在股票和期貨市場上賺進鉅額財富。因為某些原因而來到島國投靠暮綾和守人。

能量型影子使者，能夠將影子腦神經化進行高速運算，並在建構網絡後能夠與其他能力者連線共享思考；一開始本人沒有察覺此能力。

NO.06

梅杜莎

寄宿在茉妮卡身上的意識型「存在」。外貌是罩著黑色中古歐式寬大罩衫和斗篷的女性，除了臉之外沒有露出任何身體部位，看起來很像幽靈。臉色慘白，眼睛纏著黑布眼罩，眼罩下是深紅色的瞳孔。

知曉世界運作的各種公式，只要掌握夠多的情報量便能進行未來計算，但是必須以茉妮卡的頭腦作為計算機，在高度運作下會對茉妮卡的頭腦造成負擔。梅杜莎能夠以物理公式強制中止目標在現實中的行動。原理不明同時也是名字的由來。

未來計算

茉妮卡與梅杜莎的能力疊合，能夠以有限的情報看出未來進行的方向，運用在戰鬥中的話便能完全預測敵人的下一步行動，能夠使用的時間極為有限。

三日月

輕世代
FW035

影子戰爭

shadow wars

墨筆烏司 著
阿特 繪

03

影子戰爭

shadow wars

ch0.

楔子

他看著桌上的刀。

刻意劃上細緻紋路略微粗糙的胡桃木刀柄呈現出溫潤的褐色光澤，以貼合人類手掌的曲線起伏，是正好能夠用單手握持的尺寸。護手部分蘊著深色的防鏽處理，而連接其上大約六英寸長的刀刃被厚實的鹿皮鞘包裹。數年前的旅途中買下它之後，只能作為收藏品如同沉眠的深海生物般存在。至今他仍然還記得當初第一眼見到這把刀時的感覺。雖然鍛造者不明、價格又高得嚇人，他還是掏出僅有的錢買了下來。

他看著桌上的刀。

從別人手中接過刀時那種沉甸甸的厚重感讓他忍不住深呼吸，販售它的人向他說明這是把獵刀，當他聽見這個名詞的時候心中就湧出一股特別的欲望，那是隱藏在他心中已久的深層欲望。殺人欲望。當他從緊合密實的鞘中抽出刀刃的時候，那股感覺就立刻盤據在他胸口。他深深地為此著迷了。那刀子並不特別花俏，刀刃也沒有經過特殊的處理，線條帶著粗獷感，沒有太多的斧鑿痕跡，也不是大量生產的武器。刃部帶著輕薄的開鋒波紋，尖端散射光線。他握緊刀柄將它收回鞘內，刀匠用純粹的工藝技術鍛造出它，然後現在幾經輾轉到了他手中。他買下它，帶著它回到家裡。

他看著桌上的刀。

每天晚上他總得花上好一段時間這樣看著它，用手心體會它的重量，聆聽刀鋒劃開空氣的顫鳴聲響，然後用盡全力壓抑自己的衝動。他已經忘了自己是從幾歲開始懷有這黑暗的欲望。自從意識到自己的想法之後，那股衝動便無時無刻在他心底飄蕩著撫弄他的心靈。是的，自己想要殺人，那並不是帶著好玩的遊戲心理或者其他情緒的無聊反應，而是如同烙印在基因深處的動物本能一樣的東西。他對於奪取其他動物的生命沒有興趣，也不能從中得到任何緩解，如果可以的話他只要當個屠夫不就行了嗎？他所想的一向就只有殺害他人。

他看著桌上的刀。

三個月前他終於忍受不了心中的衝動，用眼前的刀子殺害了一個人。那是個住在附近的女人，是個沒講過幾句話如同陌生人般的年輕女人。他觀察了她平時生活工作的路線後，在預先算計好的時間地點埋伏著邊戴上業務用的乳膠手套，他必須做得安靜快速而且有效率，不想做任何多餘的事情也不想留下任何犯罪痕跡，他從後方抓住那個女人捂住她的嘴巴，用手臂扼住她微弱的掙扎將她拖向陰暗處快速而毫無憐憫地用它的鋒刃割開她的喉嚨，血液像是湧泉般汩汩噴出，女人身體正面朝地倒下並且持續最後的顫抖。他擦掉刀刃上殘留的血液將刀子收入鞘內，脫掉手套深呼吸了幾次，然後緩步走回家裡。

他看著桌上的刀。

自己已經無法忘卻那感覺。刀尖刺穿人體皮膚的觸感沿著刀身傳遞過來至今還殘留在手上，以及甫流出人體的血液溫度和味道。那女人的屍體很快就被發現並出現在隔天的電視上頭，很幸運的沒有人懷疑到他上頭，畢竟自己根本就不認識那個女人。食髓知味，蟄伏了一個月之後他又再次以相同的方法殺害了另一個女子。他不明白自己為什麼會想殺人，唯一能夠確認的就是他已經無法停止殺人。他安然無事地繼續上班工作，和同事相處良好，工作之餘偶爾在心中模擬殺死鄰桌同事的情況，回家之後安靜地與家人吃飯休息，在睡覺之前注視著刀。他已經不再無謂地揮舞它，只是將它放在燈光下看著刀身反射著幽然的光芒，然後將刀子用布包好收入木盒藏在抽屜的夾層中。

他看著桌上的刀。

犯下第二起案件之後他知道不能再繼續下去了，媒體已經開始大幅報導，他不能再像之前那樣肆無忌憚地行動，否則總有一天他會因此被抓到，同一區域同樣手法的犯罪要不被逮到簡直難如登天。他不想處理屍體，那太過麻煩而且耗費心力，處理過程中被目擊的機率也會大為提高，用刀子刺進要害然後若無其事地離開現場才是最便捷的方法。但那是不可能的。警察遲早會逮到他，在法庭上接受審判……無期徒刑？依照自己犯案的動機和手法除了死刑之外沒有其他的可能性。這個社會不會容許像他這樣的人存在。父親是中學教師，母親是家庭主婦，妹妹正在就讀高中。大學畢業後找了業務工作安安分分地生活，除了想殺人的衝動之外他不覺得自己跟其他人有什麼不同。明明是極其普通的人生卻因為這股衝動而即將崩毀。他對死去的人感到愧疚，選上她們只是因為運氣不佳，他想殺人卻不希望有人因此而死去。但那是不可能的。他必須繼續下去，否則他會……

他看著桌上的刀。

在殺死第三個人的時候他意識到自己的力量。他的身旁不知何時漾起了濃薄不均的霧氣，霧籠罩住倒在地上的屍體，只能看出其模糊的輪廓。他抹掉殘留的血液，收起刀子離開現場，黑灰色的水霧在夜中擴散，他身處其中感受霧氣的濕潤，以及撫過臉龐時留下的寒意。他乘著霧勢返家，一路上沒有遇見任何人。霧沒有隨著進入建築物內，他隔著窗戶看著外頭模糊的風景，然後霧氣散去。

他拿起桌上的刀。

刀刃離鞘，宛如割裂光線般影子切開了桌面的光。金屬冷冷地反射映入他的瞳孔。剛硬的刃卻具備柔軟的線條，尖端部分勾出的美麗彎曲已經取走了三個人的性命，接下來還有多少人會死在他手裡？他不想被逮住。他很滿意現在的生活可不想因為殺人而被關進監獄或被殺。原本他以為那是不可能的，但是那股霧氣扭轉了他的想法，只要隱身於霧中他就能夠輕而易舉地進行狩獵。

他將刀收進懷裡，起身離開房間。

ch1. 幻夢與現實

我作了個夢。

撇去戰爭不談，個別的人類所能釋放的最為極致的暴力行為是什麼呢？肉體的暴力和精神的殘虐在哪個方面更為痛苦呢？全世界都有對人類執行各種殘酷刑罰的紀錄，不論是拷問或是要人受盡折磨而死，都能夠完全表現出人在這種情況下的創意是有多麼的無可限量，稀里嘩啦地把人大卸八塊或者是活生生刺穿、剝皮。我認為最殘酷的刑罰就是凌遲，用刀一片片把罪人的肉割下，讓人受盡痛苦卻沒辦法死去。執行這些刑罰的人當時腦袋裡到底抱著什麼念頭呢？從常理來說能夠做這種工作的人應該不多才對，至少我就絕對不想。漢尼拔•萊克特把保羅的頭蓋骨活生生打開，再切下大腦薄片煎熟餵給保羅吃的時候心裡到底是怎麼想的呢？安東尼霍普金斯演出這個橋段的時候心裡面又在想什麼？光用想的我就覺得噁心得不得了。

為什麼我要說這些呢。

時值十月。

我慢吞吞地從被窩裡爬起來，眨眨眼睛看清楚四周之後我坐在床邊茫然地看著自己的手，緊握之後又鬆開。我作了一個夢。夢裡像是老舊默片般只剩下黑白兩色，畫面沙沙沙地下著無聲的雨，閃電落下的時候我看見因摩陀站在我的對面，身體有些歪曲，夸特恩不在我身旁，腦袋裡也沒有茉妮卡嘰哩呱啦的聲音。小明沒有昏倒而是直挺挺的像裁判一樣站在我的左側因摩陀的右側。她是我喜歡的女孩子，超正的。不過那是題外話，小明用那我所不認識的樣子面無表情地看著我和因摩陀，我則不斷地痛毆因摩陀，揍到我全身脫力拳頭發麻，他卻像是史萊姆一樣軟軟地承受我的攻擊然後變回原樣。我就這樣在夢裡打了他一整晚。實在有夠累的。我坐在床邊看我的手看了大約五分鐘左右吧，總覺得指骨好像包裹著一團黏稠的東西似地甩也甩不開。

為什麼這時候會作這種夢呢？從那事件之後已經過了一個多月，我重新回到學校也已經一個禮拜，生活已經完全上了軌道。雖然這樣說有點不好意思，但是我真的已經完全不想再體驗一次那種不講理的事情了。

我離開床鋪，走出房間時朝客廳的方向瞥了過去，暮綾姊坐在沙發上捧著筆記型電腦不知道在做些什麼，雖然知道大概是工作上的事情，不過從那個樣子看起來她應該是徹底熬夜了一番。盥洗完畢之後我換上制服走到客廳，她穿著睡衣蓬頭垢面滿臉陰沉地瞪著電腦螢幕，眼眶底下浮起清楚的黑眼圈，頭髮搔抓得亂七八糟。

自從事務所被那個該死的炸彈狂炸了之後，暮綾姊閒了好一陣子，等她後來終於意識到大部分數據資料全在火災中付之一炬的時候，你真該看看她那個表情。

我絕對沒有抱持任何幸災樂禍的想法。

「妳又通宵啦？」明明知道是廢話但我還是問了。

暮綾姊眼中帶著殺意朝我瞪過來，然後冷笑一聲：「哼哼，高中生就是悠閒自在，只要上課吃飯睡覺就可以過日子了，你說是吧。」

「明明昨晚自己看電視看了五個小時還敢說……」

「你說什麼？」

「我說妳早餐想吃什麼。」

賣笑賣到這種地步我也算是仁至義盡了。

「我要吃飯！」

「所以說想吃什麼啊？」

「飯。」

「妳的意思是說要一個準備去上學的高中生，在這種時刻從洗米開始煮飯給妳吃嗎？」

「對。」

真是夠了。

我看了下時鐘，雖然烤烤吐司是綽綽有餘，但要是遵照這個女人的意思去做的話絕對絕對百分之百會遲到。

「這樣我會遲到耶。」

「為你熬了一整晚工作可愛又美麗的姊姊做頓營養的早餐補充體力，遲到一下有什麼關係。」

「是是是……」我都看見妳眼中的血絲了。

我把米倒進內鍋然後用自來水隨便搓洗，倒掉洗米水重新裝到適當的水位放進電子鍋裡面按下開關。打開瓦斯爐燒水等滾了再把雞胸肉丟進去，用蔥花混合蛋汁攪拌均勻以後倒進平底鍋煎，煎好以後再切水菜，然後把豆腐切塊重新燒水用柴魚片和味噌煮湯，雞肉煮熟之後弄成細絲和水菜拌在一起以醬油和醋調味做成沙拉，豆腐也丟進湯裡煮。全部弄好後白飯也快煮好了，我又看了一下時鐘果然遲到，真是太好了。

力氣用罄的我乾脆坐下來跟暮綾姊一起吃飯。

「真虧你能變出這些東西耶。」她嚐了一口水菜沙拉之後說：「這個還滿好吃的，你是去哪學的啊？」

「根本不用學好嗎。」

我舉起筷子一邊細嚼慢嚥一邊看著暮綾姊那個叫人不敢恭維的吃相，她用遙控器打開電視機轉到新聞臺，調整音量之後又繼續轉回來吃飯。很快地屬於她那份的料理就被她吃得一乾二淨，然後盤起腿咻咻地吸著味噌湯。

「你最近在學校過得還好吧？」她的眼睛在熱氣後瞇起。

「還不錯。」

「雖然我說過好幾次了……」

「需要商量的話隨時都可以跟妳說對吧。」

「唔……你這小子好像越來越討人厭了，明明不久以前還很可愛的啊。」

「是這樣嗎？」

「簡直就像……」

「像妳老哥，我老爸一樣。」

她抿抿嘴，轉過身去調整電視的音量。揚聲器的聲音變大了些，主播的說話聲不再只是背景音的程度，可以清楚聽見咬字發音。

新聞畫面帶到社區街道的巷子內，周圍拉起鮮黃的警示條。那是近來發生在市內的連續殺人事件，先前受到炸彈人渣的影響新聞版面一度沉寂下來，但是那個瘋子最近好像又開始大開殺戒，被害者全都是女性，但卻沒有什麼共同特徵，也沒有任何目擊者在案發地點看見可疑分子，唯一的共通點就是全部的被害者都遭到兇手用利刃襲擊。這個地方的警察還滿可憐的，先是爆炸案然後又是連續殺人，炸彈客肯定是找不出來了，我完全可以想像地方首長臉上的表情。

「真是恐怖。」暮綾姊啜著味噌湯發表看法。

「我怎麼完全聽不出妳的語氣裡有任何恐怖的感覺。」

「哼……反正我現在坐困愁城，根本沒有機會遇到殺人魔啊。」

話是這樣說的嗎？

「話說回來，我覺得這傢伙還滿厲害的耶，竟然可以犯下這麼多案子卻完全沒被發現，連一丁點證據都沒留下來。之前那個恐怖分子也是，最近也太亂了吧。說到那個智障我就有氣，沒事來炸事務所幹嘛！真是有夠該死。」

嘴裡嚼著蔥蛋和白飯聽到暮綾姊這麼說，我突然哽了一下，和著湯好不容易才吞下去。總覺得有股不祥的預感。

「咳咳……嗚……」

「吃這麼慢還會噎到，姊姊我真是越來越喜歡你了。」她百無聊賴地按著遙控器的換臺鈕，大部分的新聞臺都在播報這則殺人案，最後她瞄了我一眼，把頻道固定在重播的肥皂劇上。

「雖然我很不想這麼說，不過你從暑假到現在就已經住院住了兩次，是不是應該好好收斂一下？」

「什麼啊，那又不是我的錯！」

「不是你的錯，那麼到底是誰的錯呢？我是真的很擔心你噢。」暮綾姊轉過頭來正視著我，眼中帶著明顯的焦慮。「老哥把你託給我已經兩年了，我自認不是一個稱職的家長，你也沒搞什麼麻煩，不過你最近實在很奇怪唷。又是衝到火場又是被捲進鬥毆的，你以前是這麼衝動的孩子嗎？」

「……我衝到火場也是為了妳耶。」

「那還真是……」她放下湯碗，然後伸出手來搔我的頭，接著用指縫夾住我的頭髮用力甩動。「謝謝你喔。」

暮綾姊滿意之後，我無奈地把被弄亂的頭髮弄平順點，被她直盯著把剩下的飯菜吃完。我放下碗筷，迴避她的視線將桌上的餐具收拾乾淨泡進水槽。她托著腮，兩眼直盯得我全身發冷。

「我、我去學校了。」

我抓起準備好的書包，心中發狂許願希望暮綾姊不要再開口了然後一步步往玄關移動，妳給我閉嘴！

「欸，」

僵住身子，莫名的寒意從我身後傳來。

「那我的午餐哩？」

「妳自己想辦法啦！」

我拉開大門，匆忙逃出暮綾姊的可視範圍。

好不容易脫離戰場之後我踏上通往學校方向的馬路，路上行人已經不多，學生也只剩下我一個人而已，畢竟是堂而皇之的遲到模式也沒什麼好奇怪的。

剛剛那是在試探我嗎？

自從臭老爸拋家棄子逃走之後我身邊的近親就只剩下暮綾姊一個，我喜歡暮綾姊（當然是親情上的喜歡），同時我也絕對不想傷害她或看到她身陷險境；但是這種情況根本就沒辦法說明，她應該會哈哈大笑然後說你這小子是不是電動打太多腦袋打壞了。啊煩死人了！真是有夠煩的。雖然她是我的姑姑，但是我和暮綾姐的年齡大概只有老爸和她年齡差的二分之一。我很慶幸在老爸逃走之後我的監護人是轉移到她身上而非哪個不認識的遠房親戚，如果是這樣的話我還不如自盡算了。實際上我們的互動也比較像是平輩姊弟，雖然她老是擺出高高在上的姿態使喚我，不過那應該是正常的姊弟互動沒錯吧？應該。

當我抵達學校的時候第二節課已經開始了，我有點尷尬地走在空蕩蕩的走廊上頭，這種經驗還是頭一遭。

走進教室的時候我感覺到周遭傳來的不協調感。老師只輕描淡寫地瞥了我一眼就繼續講課，班上的人也沒太注意我，小明回頭朝我看過來，臉上的表情看起來有點奇怪。我拉開椅子在座位上整理好課本之後她從前面傳了張紙條。

——怎麼了身體不舒服嗎？

——沒有啦有人一早發神經說要吃白飯所以多花了點時間。

——那就好。

——嗯嗯。（嗯什麼嗯啊你這個白痴。）

——可是你為什麼是穿制服來上課？今天有體育課耶。

我彎下腰朝自己的肚臍方位看去，的確是穿著制服，然後其他人身上當然不用確定也知道穿著方便活動的運動服，我們學校非常良心的沒有制式的運動服裝，所以只要穿著方便活動的衣物就可以了。早上忘記確認課表又剛剛復學的我理所當然地忘記了這回事。

——我忘了。我在紙條上寫下三個字丟回去然後就再也沒東西傳來，我只好左手托腮，視線在天上的浮雲和授課的黑板之間游移，右手裝模作樣地拿著筆在空氣上寫字。

「為什麼你老是一副心不在焉的樣子呢？」下課之後，小明轉過身體，手肘靠在我的桌上，皺著眉頭看起來氣鼓鼓的樣子。

她戴著新配的眼鏡，配上淡綠色的薄外套和短褲，頭髮綁成短短的小馬尾。雖然不再像以前那樣面無表情，不過她最近老是擺出緊迫盯人的樣子實在浪費，什麼時候才會回到過去那個天真可愛的小明呢？

「所以，體育課到底是第幾節課？」我邊用筆戳著筆記本邊問。

「現在。」

「現在？」轉頭看著班上同學的行動，我很快就會意過來。名義上是體育課說穿了其實是自由活動時間，沒有被挪用去補課或考試就不錯了。我站起身搖了搖頭，該面對的還是要面對。

「所以你真的打算穿這樣上課？」小明跟在我身旁，用認真的語氣問道。

「沒辦法，頂多坐在樹下乘涼。」

「你該不會連要測體能的事情也忘了吧？」

「……」我忘了。昨晚一定是遇上外星人然後被兩個黑衣男子消除記憶過了。

「你真的很笨耶。」她扶著額頭無奈表示。

「妳也不用說得這麼白吧？」我有氣無力地抱怨。

「誰叫你老是這個樣子！我從以前就一直在注意你，每次遇上什麼麻煩事你就能閃就閃，上課考試也都不當一回事，別人講話都不知道你到底有沒有聽進去。你真的有在聽我說話嗎？」禘明小聲地叨念著。

好囉唆……

所以事情總是一體兩面的。

「是是是，我知道了。下次我會記得啦！」

她哼了一聲，不置可否地別過頭去讓我有點受傷。

離開校舍到操場之後，其他人就各自散去，打球的打球散步的散步。我孤伶伶地在跑道旁等著體育老師，另一個班級的人好像也跟我們排在同一時段上課，很快就聽見球場上傳來比賽的喧鬧聲。過了一會才看見班長帶著體育老師過來，班長就是那個向小明搭話的女孩子，如果沒記錯的話名字是叫詹秋韻。老師拿著塊夾紙板和筆朝我走過來，詹秋韻對我招招手之後就跑掉了。

「你的身體狀況應該可以測驗了吧？」老師翻了翻紀錄表之後有點不太確定地問我。

「應該沒問題。」

「那就先做暖身再開始吧，如果難過的話就不用勉強。」

「我知道了。」

「不過你為什麼穿著制服？」

「……我穿錯了，沒關係就這樣測吧。」

我依照吩咐隨意活動一下，因為不知道該做些什麼暖身運動就稍微把鍾遠川教我的那套拳快速做過一遍。很順利地做完其他測驗之後我開始跑步，雖然穿著制服揮汗跑步是件挺痛苦的事，但是自作自受怪不得人，我很認命地踏著塑料跑道，在老師發出指令的同時開跑。當我繞過彎道的時候發現楊冀正坐在籃球場邊的觀眾席上笑著朝我揮手，場上分成兩組正在進行鬥牛賽，另一邊則是比較輕鬆的練習，其中也有女孩子三三兩兩地笑鬧。我沒看見小明和班長，大概是在另一頭的排球場那邊吧。當下就想立刻把一千六百公尺跑完的我加緊腳步用力踏步，在跑完四圈之後突然感到有些後悔。

體育老師用一種微妙的表情看了碼表之後又盯著我直瞧。我稍微調整呼吸之後裝成有點喘的樣子朝他走過去，制服都黏在身上了相當不舒服。

我有點緊張地看著體育老師在紀錄表寫下時間。順眼瞄過其他人的成績，果然是比其他人好上不少，已經完全是體育特招生的程度。雖然我還可以跑得更快就是了。

「你有加入什麼運動性社團嗎？」體育老師搔了搔後頸。

「啊，沒有……」

「那你要不要加入田徑隊……你的成績如果接受訓練的話搞不好馬上就可以參加比賽也說不定。」

「不、不用了。」我趕緊回絕。

「真的不要？」

「真的不用。」

「好吧，如果你想加入隨時都可以來找我，有拿到好名次的話對你的升學也會有幫助喔，可以好好考慮。」

如果參加訓練搞不好可以拿下奧運金牌。

向老師再三拒絕之後我返回操場，跑到球場邊找楊冀閒聊。

「我都不知道你可以跑這麼快耶。」

「兩個月前我也不知道。」

「你說啥？」他看著球場上的比賽，好像沒聽清楚我講的話。

「沒什麼。」

他若有似無地移動視線望來。

「欸，待會要不要跟我組隊打一場啊？」他問道。「那兩個也是籃球隊的，打得那麼認真其他人是要玩什麼。」楊冀指著球場上特別挺拔的兩人，他們正以扎實的動作把另一組人攻得落花流水。

「可是我穿制服……」

「我的球衣借你啊。」

猶豫片刻之後我跟楊冀拿了球衣到廁所去換，反正我也很久沒有跟楊冀一起打球了，還可以順便晾乾衣服，只要小心別像剛剛跑步時那樣認真就不會穿幫。

楊冀的球衣對我來說果然是太過寬大，我站在鏡子前看了自己那個矬樣，身高一八五的球衣穿在我身上簡直像是小孩子穿大人的衣服。我調整褲子的束帶之後走回球場。楊冀看見我的樣子之後撇過頭很用力地憋住笑意，伸出食指朝著場上大喊Play one。

我爬上觀眾席，坐到楊冀身旁看場上的比賽。

「打成那樣就不好玩了，根本是在欺負人。」

「那不是你的隊友嗎？」

「話是這麼說啦，但又不是比賽，整場球都控在自己手裡根本就沒有想要讓別人玩的意思。籃球這種運動當成遊戲玩的時候就是要輪流進攻才會有趣，進攻有進攻的趣味，守備也有守備的趣味，重點是要球場上的人夠享受才會好玩。老是在意輸贏或是用自己的優勢做個人秀，那還不如看小學生打球呢。」

「可是我打的也不怎麼樣啊，你確定我不會扯你後腿？」

「嗯，好玩就好嘛。」

那兩人完全沒有手下留情，以身高和技術優勢完全壓制看起來像是我班上的同學，直到比賽結束兩人完全沒有得分，以表演來說就是個人秀，以戰爭來說就是單方面的屠殺，不過兩個人的個人秀這個講法感覺是怪怪的。

那兩人負氣下場之後楊冀拍拍我的肩膀。

「走吧，至少也拿個幾分。」

「……你可別太指望我。」

「呵呵呵。」

走上場，楊冀和那兩個籃球隊員閒談著，但是那兩人表情還是同樣認真，看起來完全沒有想放水的意思。

其中皮膚比較黝黑的那人走到我的對位，另一個正對著楊冀。秀球之後，球傳到我的手上，我正想運球前進的時候路線就完全被對手的身體卡死，他張開四肢之後對我來說簡直像個罩子般完全沒有空隙，不只身高夠高而且肌肉也相當結實。

笨拙的傳球馬上就被抄截走了。

楊冀雖然跟上防守，但是在我沒跟上的情況下根本擋不住他們的攻勢，對方進球之後球又回到我們手上，完全沒輸，楊冀雖然試著出手幾次卻是徒勞。

我靜靜地觀察他們，動作完全能夠看清也可以跟上。

忍耐。

他們兩人幾乎沒把我放在眼裡全力防守楊冀，拿到球的時候我試著射籃，球猛力撞上籃板發出巨大的聲響，球飛出場外。兩人互看一眼不屑地笑了出來。

「等一下直接把球傳給我。」對方再度進球之後距離比賽結束只差一分，我走過楊冀身旁時對他這麼說，聽到我的話之後楊冀湊到我耳邊小聲問：「幹嘛？你要做壞事喔？」

「傳過來就對了囉唆什麼。」

「知道啦。」

楊冀拿到球的瞬間我立刻壓低身體踏步衝出，接住從身後飛來的傳球之後馬上就被攔截，我沒有減慢速度旋轉身體，單手抓住籃球滑過對方的守備進入禁區，另一人同時補位擋在我前方，我們同時躍起，在全力跳躍下我整整高出他一顆頭，既然球射不進那就直接灌進去，我撞開他的身體猛力將他逼倒，同時手掌碰地壓上籃框。

球落到地上砰砰作響，防守我的籃球隊員坐在地上茫然地看著我，好像搞不清楚發生了什麼事。連旁邊的楊冀也說不出話來。

我略喘地離開球場走到觀眾席坐下，又幹蠢事了我，這下子又免不了要被議論一番。

「不打了不打了。」楊冀抹抹臉上的汗朝他們說，那兩人也自知無趣沒再繼續留在場上，馬上就有其他人遞補上去。

「我都不知道你還會灌籃耶。」楊冀遮住陽光，陰影蓋上我的臉，汗水結在他的髮際變得閃閃發亮。

「你白痴啊。」手臂遮住臉之後我冷冷地回應，心裡拚命想著該怎麼解釋，結論是只要罵白痴就可以了。白痴白痴白痴，我真是個白痴。

他走向旁邊的自動販賣機砰咚投下兩罐運動飲料，將其中一罐丟給我，冰透的鋁罐握在手中的感覺相當舒服，打開來喝一大口將身體的熱度壓下去。

「總覺得你好像變得跟以前不太一樣了。」楊冀手撐著椅子坐到我旁邊，抬頭望著湛藍的天空。「雖然說過個暑假大家好像都會有點變化，不過你真的特別奇怪喔。」他瞇細眼睛朝我望過來。

「……是這樣嗎？」

「哪有正常人過了個暑假就會灌籃的啦！」

「你是在尋我開心嗎？」

「啊哈哈哈，」他朗聲大笑：「不過灌籃啊……已經好久沒試過了呢！」楊冀跳起來把我晾在一旁，自顧自地衝向隔壁沒在比賽的練習場地，隨手撈了球就撲上籃框，但還是差了一小截高度，球被籃框彈得老遠。楊冀落地以後發狂似地在球場上飛來飛去。

「那個白痴……」

我邊啜著飲料邊看他拚命在場上飛躍，忍不住微笑。

放學後我依照慣例（雖然是這幾個禮拜才開始的）和小明一起回家（當然是回玄罌哥的店裡）。只有在這個時間小明才會變得比較像以前那樣子，說話的時候聲音軟軟的語調又溫柔，最重要的是她會牽著我的手。

怎麼說呢，在學校的時候她好像因為以前待人冷淡而變得太過認真，不論是學業還是其他方面反而都給我一種咄咄逼人的感覺，只有在離開學校後才會恢復正常。

雖然我也不知道哪邊的她才是真正的正常，但無論如何都比以前那個冷冰冰的樣子好得太多太多了，絕對不會再讓她回到以前那個樣子。

我在心裡想著。

從我向她進行那次衝動的告白之後，我們的關係就停滯在一個詭譎的點上。雖然我的確說了我喜歡她，但同時也把她當成家人來看待。我很確定自己是喜歡她的，不過始終沒有更進一步的表示，我們之間又回到小學時候的狀態，親密的朋友，情同家族。

卻沒有愛情的感覺。

不過話又說回來，我也不懂戀愛是什麼感覺。

「你又在發什麼呆呢？」裿明側過臉來看我，夕陽將她臉蛋的輪廓照得模糊。

「沒什麼啦我只是在想……」

「在想？」

「剛剛的數學課我幾乎完全聽不懂耶。」

「……你真的有認真聽課？」

當然、完全、沒有。

「真是的，難不成要我連新的課程進度一起教你嗎……」她輕輕嘆氣。

「沒問題啦，頂多我回家再自己唸。」

「你真的覺得前一整年考試都是靠別人的力量拿分的人，可以光憑自己看課本就混過去嗎？」小明嘴唇微嘟，有點不耐地看著我。

被如此吐槽的我頓時語塞。

「反正到頭來還是要靠我幫你補習才行。」她拉著我加快速度。

「不會吧！難道今天又要？」

「你難道敢說不要？」她又轉過頭來瞪我。

自從回到學校之後，每天都被小明拖到月樓去相當充實地補習，雖然可以跟小明多相處一段時間是很好，但是相對的遊玩的時間就減少了許多，這對平時不讀書整天打電動的我來說實在難以適應。想像剩下的兩年時光都要這樣被強迫用功，我不禁有些悲從中來的感覺。

「你為什麼又在發呆了？」

「我只是在想要怎麼趕快回家。」

「唔，你真的很不討人喜歡。如果不是從小就認識你這個人，真不想跟你說話。」

「妳說這話還真是傷人。」

「……反正你自己也知道我不可能放著你不管的。」

她揪住我的手，腳步踏得更急了一些。被拉著走的我從後方完全看不見她的表情，只能看著束在她腦後的小馬尾上下擺動，頓時有種想要扯扯看的衝動。幸好最後還是忍住沒有下手，不然可能會被小明用黑爪教訓一頓。

黑爪。

那是附著在小明身上黑影的力量。

在我休養的那段時間裡，趙玄嚳和宵影並沒有閒著。

褅明花了整整兩個禮拜的時間練習影子變化，為了避免精神再度被影子壓制，又做了局部變化的訓練，過程似乎是難以想像的艱苦。這訓練我事前完全不知情，當她在我眼前展示局部變化右手的時候讓我啞口無言。

唯獨右手的變化。

憑依右手的怪物。

少女的身體連接著怪物的右腕。

獸毛散亂綻開，龐大質量的發達肌肉，厚度超越鉈刀尖端卻有著超越剃刀的銳利，能夠輕易鑿開柏油，在鋼鐵打造的牆壁上留下令人膽顫心驚的痕跡。

我又想起那天夜裡完全變化的褅明的身影。

那就是附著在她身上，影獸的真正姿態。

我向玄嚳哥確認過，褅明就是用那個姿態切斷了他的手臂。

同時，傷害了她的家人。

家人。

那天夜裡殺了兩個影子使者並且切斷了趙玄嚳的手，但是卻沒有殺死自己的父母親。或許是那時小明還保有最後殘餘的意志，這點沒有人能夠回答，知道答案的只有小明自己。

「……妳有想過，回去找妳的爸媽嗎？」

終於還是觸碰了這個不該問的問題。

小明的手明顯的收縮，身體反應直接地傳遞到掌心。

她沒有回答我，只是手再度抓緊，沒有停下腳步也沒有回頭。我還是看不見她的臉。

我們來到月樓的前方。整修用布幕已經完全拆除，牆面上了新漆，落地窗也換成嶄新的木框玻璃，反射著前院的花草。前院入口擺著宣傳用的黑板看板。

趙玄罌站在門口，還是一貫穿著那套端正的制服。他若有所思地縮著下巴，屢屢調整看板的位置。看見我們的時候可以看得出來他想出聲招呼但卻沒有開口，表情在瞬間變得有些微妙。

褅明鬆開我的手，低頭逕自推開門走進月樓。

玄罌哥看了看還在擺動搖晃的大門又轉過頭來看了看站在門口不知道該做出什麼反應的我。

「這回又說了什麼。」他單手扠腰。

「……她哭了嗎？」

「沒有，不過看起來也差不多了。這次是什麼話題？」

「我只是問她伯父伯母的事情。」

「不能太過心急。」他走到我身旁輕聲低語。

「我知道，可是……」

「我說過了，就算小明已經做好了心理準備，但問題並不完全在她身上。要讓小明的父母親完全接受還需要很長的一段時間才行。」

「什麼很長的一段時間！明明都已經過了好幾年了不是嗎！」

趙玄罌搖搖頭。

「那種恐懼不是那麼容易就能夠消除的。就算身體的傷已經痊癒，心理的缺口是沒有辦法說克服就馬上克服的，這點不論是小明亦或是她的雙親都一樣。」

「可是不見面的話要怎麼樣才能克服？」我有點生氣地問。

「嗯……你的問題相當正確，正確到我完全沒辦法敷衍你。但我還是只能這麼說，必須等到小明做好完全的心理準備，在那之前，只要她的父母親在她面前表露出任何一絲恐懼，都會對她造成傷害。我們都親眼見過她完全變化的樣子，先前也說過，在她的父母眼中看來小明是以原本的樣子徹底地凌虐他們。我記得你和那位……是你的姊姊嗎？」

「是我姑姑。」

「看起來相當年輕呢。回歸正題，試著想像一下，假如你半夜起床，突然被你的姑姑拿著菜刀襲擊，而且身體受到嚴重的傷害，是必須在醫院住上好幾個月的傷。在這種情況下你還能夠正常地面對你的姑姑嗎？」

我暗自想像。

真實感還真是重到沒辦法回答。

玄罌哥馬上就看穿我心中的答案，輕輕地扶著我的肩膀。

「你怎麼會突然提起這件事呢？」

「不知不覺就脫口而出了。」

「不知不覺啊，還真像你會做的事。」

「……」

「先回去吧。」

「小明她……」

「她是很堅強的女孩子，不會有事的。」他搔了搔下巴：「倒是……」

「倒是？」

「明天我的店重新開張，放學之後過來坐坐吧。如果你姑姑有空的話也可以請她過來。」

「我姑姑嗎？」

「順便請教你個問題，你那位姑姑叫什麼名字呢？」趙玄嚳突然一本正經地問。

「……你是抱著什麼奇怪的企圖問的嗎？」

「別這麼說嘛哈哈哈。」他開朗地笑出來。

嘆息。

我沒辦法理解他的思考模式。

趙玄嚳雖然對我很好，態度也一直相當禮貌，如果沒有他的幫助我不知道會陷入多惡劣的境地，不過說話時老是語帶玄機讓我覺得很煩。

「她叫暮綾，王暮綾。」

「暮綾啊……總之明天我會好好準備，期待你們過來。」

「我會轉告她，但是來不來就不是我能決定的事。」

「恭候光臨。」

「先前我跟你提的那件事，已經找到辦法了嗎？」

趙玄嚳搖搖頭。

鍾遠川離開之後就沒有人指導我武術，我只能依照他教的基礎私下練習，雖然要對付正常人絕對不是問題，但是我必須變得更強才行。為了保護小明，我必須變得更強。於是我請趙玄嚳幫我找尋能夠像鍾遠川一樣指導我武術的老師，卻一直都不順利。

「畢竟會刻意去學習武術的影子使者本來就不多，遠川是因為能力不具有太大的優勢而學習的，再加上他所處的組織為了對付影子使者本來就有許多戰鬥訓練，這是宵影不足的地方。又不能隨便找一般人指導你，要是別人被看出你的異常就難辦了。」

「今天我已經體驗過了。」

「啊……今天你們上體育課。」他猶豫了一下才繼續說道：「目前實在是找不出適當的人選，除非……」

「除非？」

「我在想那對兩人組合，不知道合不合適。」

「你是說李彥丞？」

「現在我認識的人裡頭，最會打架的也就只有他了。不過我想應該是不太適合，哈哈哈……」趙玄罌笑得有些心虛，「總之我會問問他們。」

我點點頭。向趙玄罌道別之後，朝月樓門口看了一眼，轉身離開。

ch2.

霧夜的醒覺

將鑰匙推進鎖孔，喀嚓打開。

尼古丁和咖啡因混雜的味道，還有奇怪的食物味道，是披薩嗎？

我通過玄關走向客廳，看見暮綾姐用詭異的姿勢趴在沙發上動也不動，只剩下背部呼吸起伏看得出人還活著。喝剩的咖啡和菸灰缸圍繞在電腦旁，沒吃完的外送披薩還有三分之一左右，上頭的起司已經完全變冷發硬，油完全漬在紙盒上看起來很難吃的樣子。

暮綾姊雖然沒有菸癮，但是我知道她心情煩躁時會抽一兩根菸。剛買來的 hiLite 半開菸盒只消耗掉兩根，剩下的整齊排列在盒子裡。

踮起腳尖壓低聲響，我靜悄悄地走回房間，順便洗了個澡。

暮綾姊那樣子一時半刻應該還醒不過來，我決定暫時重操舊業好好玩一會兒遊戲再來解決數學課本看不懂的問題。

天色逐漸全黑，我縮起腳無聊地點著滑鼠，只讓房間維持著螢幕限度的光亮。

客廳傳來滴鈴鈴鈴的電話聲響，我邊想著知道這個世界上知道家裡室內電話號碼的人類到底有多少邊張開耳膜聽著門外的動靜。先是啪嗒，然後是砰咚物體撞擊到木地板的聲響。暮綾姊應該是掙扎了好一段時間才接起電話，聽不清楚說話內容但是她的確在說話沒錯。

大約過了五分鐘左右，談話的聲音中斷，腳步聲從客廳逐漸踱過來。

暮綾姊氣勢十足啪地打開我的房門，面容有點憔悴但眼神已經完全恢復。

「你現在很閒吧？」她瞪著我的電腦螢幕。

「啊？」

「跟我去茉妮卡家。」

「啊？」

「五分鐘後客廳見。」

說完話她唰唰衝回房間，連讓我抗辯的機會也沒有就宣告死刑。我無奈地登出伺服器，換好外出的衣服之後走到客廳等她。

我瞪著時鐘，二十分鐘左右暮綾姊才梳妝整齊，容光煥發出現在客廳裡邊吹口哨手裡邊旋轉汽車鑰匙。在這段等待期間之內我已經順勢將桌上的垃圾收拾乾淨，反正我不動手的話這個女人絕對不會整理。

下樓之後我在巷子口的路燈旁等著她開車過來。

寶藍色的 Mazda Roadster 轟隆隆地開到我面前。這輛算是老爸少數留下來的實質動產在我搬過來之後，理所當然就被暮綾姊無縫接軌鳩佔鵲巢挪為己用，變成平日上班的代步工具。說實在女孩子上班開進口跑車是不是有點招搖？

敞篷蓋著的狀態，暮綾姊拉下車窗對我甩頭示意，等我繫好安全帶她隨即扭動排檔桿踩下油門。Roadster 滑順地開動。她很順手地將宇多田光的專輯推進車用音響裡面。暮綾姊平時幾乎是不聽音樂的人，不管做什麼事都必須在靜謐的環境下進行，真正要聽的時候也是待在房間裡套上耳機專心聽，唯有在開車的時候才會放這張專輯。我從沒問過她原因。

手指隨著旋律在方向盤上隨著低吟的嗓音敲起節奏，路上暮綾姊一句話也沒說，因為本來就不是多遠的距離，轉眼間就抵達目的地。

好不容易在附近找到停車位之後我走下車，氣溫不知道為什麼好像降低了不少，周圍的景物看起來比平常模糊。我搓揉手臂撫平上頭因為溫度變化冒出的雞皮疙瘩，抬頭望向夜空，空氣卻澄澈到令人難以置信的地步。勾月放出眩目的溫黃，幾乎掩蓋了周遭星芒，雖說如此星星的數量也比平常的天空多上數倍。

「好像突然變冷了呢。」我轉頭對剛踏出車外的暮綾姊說道，她好像沒事人一樣嘴巴上說著我不覺得，肩膀上卻不知道什麼時候披上了短外套。

「只穿一件T恤當然會冷囉。」她毫不在意地走過我身旁，朝著公寓正門口直線前進。我看著暮綾姊的背影，沉默地跟上去。她的心情似乎比早上好多了。

乘上電梯直達第二十層，我們來到茉妮卡承租的公寓門口，暮綾姊伸出食指按下電鈴。過了不久之後門隨即打開，穿著鮮紅長袖襯衫和白色短褲打扮得宛如不符時節的聖誕老人似的茉妮卡．雪菲爾出現在門後。

「歡迎光臨——」茉妮卡笑呵呵地敞開門扉，用在月樓充分練習過的接待用熱情口吻說出待客用語。

說起來自從我開始上學之後就完全沒見過茉妮卡，因為月樓暫時歇業整修，茉妮卡理所當然不會在那裡出現。平日到附近的大學去旁聽喜歡的課程，剩下的時間似乎是在做自己的研究，我一想起當時幫她搬來的那些書就頭疼不已。

「守人，好久不見了呢。」

「請不要黏在別人身上的同時用正常語氣向我說這種話好嗎？」

我看著緊緊抱住暮綾姊的茉妮卡，無力地回答。

下個瞬間茉妮卡就撲了過來。

「你在說什麼呀，這是禮儀，禮儀！」

「不需要強調兩次。」

我尷尬地推開她之後看見梅杜莎幽幽從她身後飄出來。因為我已經被嚇過很多次了非常習慣所以沒問題。嗯嗯。

「不過才搬來這麼段時間，妳竟然就買了這麼多傢俱進來。」暮綾姊脫掉鞋子踏出玄關，茉妮卡也同時關上門。

環顧周圍，的確比我上次來的時候還多了不少東西。塞滿書籍資料的大型書架就不用說了，西式古典風格的巨大桌子擺在客廳位置中央，取代了原有的功能變成寬闊的工作室，上頭堆滿了紙張和古籍，以及一臺筆記型電腦。工作室兩面被書架包圍，剩餘的小塊區域放著簡單的沙發座和茶几，正對著書架的裏側擺放著大型液晶電視和……堆積如山的遊戲主機和軟體，這個人到底是有多喜歡玩樂？廚房的部分倒是沒什麼變，除了擺滿茶具之外。

「那麼，妳叫我們來到底是有什麼事呢？」暮綾姊在周圍繞了繞之後開口問道：「總不會是請我來幫妳做室內設計的吧？」

連來幹嘛都不知道就不要強迫別人來嘛……我暗自碎嘴抱怨。

「其實也沒什麼事，只是我正好從玄罌先生那裡拿到很棒的茶葉和香草，我聽說暮綾最近工作很忙，好不容易告一段落就請你們過來放鬆心情喝喝茶。」茉妮卡合起手掌，飛快地瞟了我一眼。

「總之你們兩位就先請入座吧。」

我們被茉妮卡推到沙發的位置，暮綾姊大剌剌地就蹺起二郎腿坐上去。我有些緊張地盯著四處遊蕩的梅杜莎瞧，就算暮綾姊看不見她無所謂，這個畫面也實在夠詭異了。

廚房湧出濃烈的紅茶香氣，隨著水蒸氣混合著香草味道竄進鼻腔，簡直就像高價的精油治療般，整個空間瀰漫著宜人的味道和熱度逐漸滲入牆壁地板和周圍的書籍。其實剛進入公寓裡的時候就已經飄散著茶葉味道，只是現在又變得更濃厚。

茉妮卡輕巧地捧著整組茶具走來，然後將其整齊地擺在桌上。

她端起茶壺將深紅的茶湯注入杯中，香味頓時又膨脹，隨著熱氣被吸入身體內部，像是滲入肺裡面，身體逐漸變得放鬆。

茉妮卡的碧綠雙眼微瞇，笑吟吟地看著我和暮綾姊。

「怎麼樣，味道很棒對吧！」

其實我對紅茶這種東西沒什麼特別的見識，大概就只能分成好喝與不好喝的味覺等級，不過面前的紅茶確實是蘊著驚人的香氣。我端起杯子小口啜著，喝下肚之後好像從胃開始整個人都軟化了一樣舒服。

或許是因為添加了香料，味道比起之前茉妮卡所泡得還要濃郁許多。我心滿意足地整杯喝完，茉妮卡又放了盤餅乾到桌上。

「真的很棒呢！」

暮綾姊做出稍嫌誇張的反應，抓起一片餅乾配個紅茶吃起來。我的肚子說起來也有點餓了，從午飯到現在幾乎沒吃什麼東西，於是忍不住多拿了幾塊塞進嘴裡。

兩個女人展開各種閒聊，夾雜著英文開始聊些我聽不懂的話題。我無聊到只能翻翻那些電視前那些遊戲，出乎意料之外幾乎全都是格鬥或動作類型的遊戲。我把光碟放進主機裡乾脆玩起來，最後連她們也一起加入戰局，原本優雅的晚間茶會瞬間就變成充滿嘶吼的格鬥大賽。

事情就從這時開始變得不對勁。

當時正輪到我和茱妮卡對戰，正當我操控的角色被畫面中的女忍者不斷痛毆的時候，我察覺暮綾姊右手托著下巴，嘴唇雖然抹著茶杯但視線卻以非常奇怪的規律牢牢抓著飄蕩著的梅杜莎行徑路線，然後臉色變得越來越差。

照常理來說她應該是看不見梅杜莎的才對，但是如果她真的看得見而不是我在胡思亂想，那麼事態就非常糟糕無敵糟糕宇宙糟糕，得不動聲色地讓茱妮卡把梅杜莎收起來才行。我幾乎已經放棄抵抗，讓我選的電玩人物盡情享受巨乳忍者的粉拳攻勢。我從椅子底下偷偷用腳尖摳起茱妮卡的腿，她卻渾然不覺，只有大拇指動得特別起勁。獲勝的茱妮卡像個小孩一樣歡呼起來，落敗的我趁機把搖桿遞給暮綾姊想轉移她的注意力，她卻只是面色凝重叫我繼續玩。

真的很糟糕。

明明不是非常熱的天氣，額頭卻開始冒汗，隨著暮綾姊的眼神變得越來越尖銳，我的心跳也逐漸加速，尤其是梅杜莎已經靠得越來越近這點更是讓我抖得半死。

「……唔嗚！」

茉妮卡的喉嚨發出非常可愛的悲鳴。

我以腳指甲用力地戳了茉妮卡的小腿肚一下，好不容易才讓她氣鼓鼓地轉頭過來瞪我。即使如此我也只能用唇語表示我胸口的悸動，應該說心悸。我朝著梅杜莎瞥了一眼，再用臉頰和眼角肌肉示意好不容易才讓她明白。

梅杜莎在完全進入暮綾姊的視野前一秒突然消失。

我的心臟再次恢復跳動。

暮綾姊輕咬下唇，過了一會才重新把視線放回電視上。

趁著她去上廁所的時候我抓住茉妮卡的肩膀低吼。

「剛才那是怎麼回事為什麼暮綾姊會看得見梅杜莎啊啊啊？」

「大概是她也『覺醒』了吧。」

「妳……我……這……」

這怎麼可能能能──！

我在心中用盡力氣無聲嘶吼！

咬牙切齒。

我瘋狂思考著接下來該怎麼辦，但是已經聽見沖水聲響起，只好和茉妮卡裝做沒事的樣子繼續打電動，直到暮綾姊的手機響起走到陽臺去談話為止。聽起來似乎是工作上的電話，她一拉上窗戶茉妮卡就突然湊到我身邊來兩眼睜得老大。

「……幹嘛？」

我正在考慮暮綾姊疑似覺醒的可能性，忍不住開口問道：「暮綾姊她該不會也成為使者了？」

「應該還沒有，只是進入淺覺醒的狀態所以才能感覺到梅杜莎。如果成為使者的話她會比誰都清楚。」

「淺覺醒……難道每個人都會自然突發變得能夠看得見影子嗎？」

「我想是因為跟你一起生活的緣故吧。」

「我？」

「你身體內的能量結晶很純粹，而且最近你們兩個又一直待在一起，會進入淺覺醒的狀態我想也是很正常的事情。」

「你說跟我待在一起就會覺醒，那我豈不是不能去上學了？我一天要在學校待八個小時以上耶！」

茉妮卡搖搖頭。

「事情當然沒有這麼簡單，暮綾和你是有血緣關係的。或許是因為這樣所以她才會這麼容易就進入淺覺醒的狀態。時間快不夠了，先不談這個。我問你一件事，夸特恩已經多久沒出現了？」

「……從那時候到現在，已經一個多月了。」

「你完全沒有試著叫它出來過嗎？」

「當然有，可是它幾乎完全沒有反應。」我放開搖桿，皺起眉頭：「幹嘛？」

「梅杜莎說是時候該叫它起床了。」

我瞄了一眼在外頭講電話的暮綾姊，小聲警告她：「妳非得在這時候提起這件事嗎？」

「不然我幹嘛請暮綾帶你過來？」茉妮卡兩手環抱挺直腰桿，用看著笨蛋的眼神看我。

「好吧，可是我也不知道該怎麼叫它出來，妳有什麼辦法？」

「那當然，梅杜莎雖然不是完美，要解決這點小事還是沒問題的。」她伸出手指指向自己的額頭和我的腦袋說道：「讓我進到你的意識裡面把夸特恩找出來就行了。」

「妳是說像那個時候一樣？」和因摩陀戰鬥時茉妮卡的聲音曾經一度在我腦海裡響起，是這位英國少女的力量。以影之力將腦神經擴張，與他人的意識重疊。

「不對，正確地說是像你進到褅明裡面那個樣子。」

「原來如此，可是那時候小明不是睡著了嗎？剛喝完茶我可睡不著喔。」

「沒問題，褅明的情況和你不同，要進入你的意識裡只要距離近一點就行了。」

「距離近一點？什麼意思？」

「像這樣啊。」

她突然靠向我這邊，手扶著沙發靠墊不斷逼近。我被她突如其來的舉動嚇到也忍不住向後退，為了躲避她的進逼我節節敗退，背部已經貼上邊緣的扶手，我們鼻尖幾乎相碰。

「……妳不覺得有點太近了嗎？」

茱妮卡的鼻息和熱度傳了過來，她俯視著我，雙手壓在我耳旁，我們用非常色情的姿態面對面躺在沙發上頭。

「明明是你一直退後的耶！真是的！不管了你不要亂動噢，很快就結束了。」茱妮卡低聲抱怨。

「Link——」

她撥起瀏海，微涼的額頭貼住我眼睛上方，明明皮膚下覆蓋著頭骨感覺卻很柔軟。茱妮卡動也不動地維持這尷尬的姿勢，我用眼角餘光拚命觀察暮綾姊會不會突然走進來，看到外頭的火光之後稍微安心了一下，至少還有一根香菸的時間可以做垂死掙扎。如果她這時候進來我可就完蛋了。

茱妮卡的呼吸變得很輕，原本翠綠的瞳孔好像鍍上陰影般變得灰暗，但是至少身體沒有放鬆的樣子，如果她整個人貼上來我一定會進入某種非常難堪的狀態。

不知道過了多久，感覺簡直是度日如年，只能藉著香菸火光的明滅來確定時間確實還在流動。暮綾姊的香菸似乎快抽完了，手腳因為姿勢固定變得異常麻痺，茱妮卡卻完全沒有回復的跡象。說實在我心裡簡直急個半死，為什麼偏偏要挑現在做這件事呢！

茱妮卡總算是在暮綾姊進來之前恢復。

「完成了！」她看起來好像看到什麼有趣的東西似的笑得十分開心，同時額頭也離開我的腦袋。

我吐出一口大氣。

「嗯……總覺得好可愛呀。」

可愛？

「沒什麼，嘿嘿。」

「妳到底偷偷看了什麼東西？」

「過幾天你就知道了！」

暮綾姊這時候很不湊巧地推開窗走進來，雙眼發直地瞪著還互相靠在椅子上的我和茉妮卡。

「……你們兩個在幹嘛？」

「守人說有點不舒服，我看他有沒有發燒而已。」這次茉妮卡的應對堪稱完美，我忍不住在心底豎起拇指。

「不舒服？」暮綾姊走過來用手撫著我的額頭說：「你不是看茉妮卡好騙趁機吃豆腐吧？」

「我……」

「我才不好騙。」茉妮卡抗議道。

「是這樣嗎？」暮綾姊推推茉妮卡的額頭，「總之你們倆應該玩夠了吧。我還得回去繼續趕進度，上頭一直催真是受不了。」

「啊，要回去了嗎？」茉妮卡問。

「工作還沒做完呢，下次再過來玩吧，我也休息得夠久了。」

我被暮綾姊拖離沙發，茉妮卡笑咪咪的送我們到電梯。

「明天再見囉。」

「明天？」暮綾姊歪了歪頭，最後似乎認定是茉妮卡搞錯用詞。

我們離開公寓，不知何時外頭漫起了灰白的霧靄，霧氣讓我覺得更冷。我和暮綾姊走回Roadster上頭。

發動引擎之後，暮綾姊用很詭異的神情對我說：「你剛剛在那間公寓裡頭有看見什麼怪東西嗎？」

「怪東西？沒有吧！我什麼都沒看見。」

除了梅杜莎之外我什麼都沒看見。

「我總覺得好像有個女人的身影在裡頭飄來飄去似的。」她扶著肥幫子嘆息道：「我該不會是介紹到兇宅了吧……果然能把房租壓到那麼低是有點詭異啊。」

「妳……看見幽靈了？」我假裝吞了吞口水。

「要說看見也不是吧，只是這麼覺得。也有可能只是我神經過敏，因為後來就沒感覺到什麼奇怪的東西，大概是我沒睡飽。」她踩下油門，推入CD。

Roadster開始移動，暮綾姊點開頭燈，光投影在霧氣上頭。

「竟然突然起霧，真是奇怪。」她抱怨。

我轉頭看著窗戶外，好像被鍍上一層灰似的迷濛夜色附著在玻璃上頭結出細緻的水霧。街旁的燈火映在霧氣上，形成團團凝結的光暈，飛快的輪迴消失在視線之外。

霧靄不知為何給我一種異樣感，包裹著車體，Roadster像是條發光魚般在幽暗無際的深海中巡游前進。隨著霧的濃度提高，暮綾姊同時降低車速。車子在亮起紅燈的十字路口前停下，一名男性從對街的斑馬線走過。

燈號轉綠，他的身影消失在後照鏡反射的霧中。

ch3.
訪客與刺客

清早，趙玄嚳望著沐浴在晨光中完成全新裝潢的店，忍不住嘆氣。

帶著少許歷史感的木質地板磨損了大半，桌椅被敲毀，牆壁上還留著彈孔和武器留下的痕跡，落地窗全滅，被電鋸破壞的大門就別提了。那晚的戰鬥幾乎把累積到目前為止月樓營業存下的積蓄花費殆盡，如果扣掉沒還清的貸款，他的個人資產瞬間又回到負數。

今日是月樓準備重新營運的第一天，趙玄嚳拍了拍臉頰讓自己打起精神，可不能在客人面前露出疲累的樣子。雖說自己已經為了連續以來的事件忙得焦頭爛額，但是職業人士就要有職業人士的堅持，「沒錯！我可是這家喫茶館的老闆！必須打起精神才行！」趙玄嚳暗自激勵自己。

他走到廚房裡，開始準備店內要使用的材料以及預先做好午飯，順便完成了季締明的便當，兩人份。經營月樓的兩年經驗讓他對廚房駕輕就熟，接下來是早餐，全部完成之後他攤開報紙，坐在餐桌上閱讀起來。

昨夜又發生了慘案。

連續殺人。

兇手以俐落的手法割斷女性的喉嚨，至今已是第七起。

事實上他早已注意這個事件一段時間，從半年前開始的連續殺人，起初他以為只是單純的殺人事件而已。前兩起案件相隔了三個月，但是從一個月前的第三起案件之後，兇手殺人的頻率就陡然驟升。偏偏那時被爆炸事件——已經掩飾成恐怖攻擊——掩蓋住，等到他重新注意到這起事件，已經出現了大量的受害者。

短短一個月之內又死去了五名女性。

他重新找出舊的報紙，並且在網路上搜尋相關報導。

前兩起犯案的地點都位在同一個住宅區內，但是彼此相隔的距離也不算太近，之後的第三起則是在郊區，而後面三起則是在市區各個不同的地點，最近的一起，也就是現在刊登在新聞頭版上的事件則是發生在高中學區附近。

警方似乎沒有在兇案現場得到任何鑑識證據，也完全沒有人目擊兇手的身影。遇害者的屍體被放置在暗巷、廢棄建築或是視線死角。除了位在喉嚨致命的那一刀之外，被害女性在長相或穿著上並沒有什麼共通點，生活圈也幾乎沒有互相涵蓋的地方。

在調查過大量的嫌疑者之後，和爆炸事件相同，警察並沒有得出任何結論。

隨機殺人。

而且顯然是仔細預謀過的隨機殺人。

兇手沒有特定目標，只是尋找落單的女性下手。

現場沒有留下能指出兇手的關鍵痕跡，除了兇器是利刃之外什麼也沒弄清楚。

奇怪的是，沒有任何人看見可疑分子也就算了，就連趙玄翾自己也十分納悶，有三處兇案現場都是位在他的「監視眼」範圍之內，但是他卻完全沒有意識到。他努力在腦海裡回想卻找不到異常之處。

除了昨晚的那場霧。

的確，前面幾次案件發生的時間點似乎也非常恰巧地發生了濃霧，不只是案發地點，而是涵蓋整個區域的霧氣，他原先以為只是自然現象產生的單純巧合，但是一和案件發生的頻率對照起來就會發現事有蹊蹺。

自己的能力是能夠在個體上張開眼睛型態的影子，雖然不能完全自由的移動，不過可以任意決定在物體的任何位置睜開。趙玄罌習慣將眼睛配置在電塔或是高樓上頭，只有在月樓附近才放置得比較密集，畢竟眼睛只有七十七枚，必須做出最有效的運用。那次回收監視眼之後，他在市內重新放出了大部分的眼睛，雖然有些地點還沒有補足，不過已經足夠讓他掌握原有的監察範圍。

如果這起事件的犯人是影子使者的話……

他得想個辦法才行。

先前也考慮過是不是要偷偷安在公車或是垃圾車上頭，畢竟只是眼睛而已臭味不是問題，不過如果霧是兇手的能力的話，單憑監視眼的力量是沒辦法確認身分的。

偏偏現在又沒有足夠的人手。

他三番兩次向宵影提出報告，但是損失三名使者的缺口實在太大，臨時沒辦法調派其他使者過來填補也是沒辦法的事情。而且現在鍾遠川也不在了。

趙玄罌又想起那個兩人組合。

翁子園和李彥丞。

雖然李彥丞是個麻煩製造者，不過如果能夠僱用翁子園當作臨時戰力的話或許還能撐過這段時間。還有守人提出的事情……

考慮著各種事情的時候，少女從樓上緩緩走下來。

「早安。」季褅明開口招呼。

「……早啊。」

季褅明已經梳洗完畢，穿戴好整齊制服，只是雙眼還有些惺忪，眼眶上掛著灰黑的眼圈。他斂起心思，苦笑了一下，把報紙重新折疊收好，然後把完成的早點擺到餐桌上。季褅明順了順衣裙坐上椅子，沒有開口說話，只是安靜等待趙玄罌將餐具全部備妥。這是趙玄罌的習慣。

「晚上沒睡好？」趙玄罌將奶油炒蛋裝盤放到桌上，很自然地開口。

「嗯……」

季褅明捂住嘴巴打了個呵欠。

「還在想昨天守人和妳說的話嗎？」

「嗯，果然是我不好吧。」季褅明垂下頭，在桌子底下捏著手指。

「別這麼想，那不是妳一個人的問題。守人不清楚妳的情況所以才會那樣說的。」

「我說的不是守人的事。」季褅明幽幽一笑：「我是在說爸媽的事情，守人他說的一點都沒錯，應該做好心理準備的是我自己才對。」

「妳……」

「果然……那個時候是不是乾脆讓牠把我爸媽殺死會比較好呢？」

「不要胡說八道！」

趙玄罌想不到過了一晚季禘明竟然說出這種話來，他嚇了一大跳，而且非常錯愕。

「妳……難道你一整晚都在想這種事情嗎？」趙玄罌簡直難以置信。

「如果是這樣的話我就不用面對那種目光了啊，所有的痛苦讓我一個人來承擔就可以了啊。」

「這是妳自暴自棄的方式嗎？」

季禘明抿起嘴唇，動手拿了麵包吃起來。面對趙玄罌的質問，她選擇沉默以對。趙玄罌有點不高興，但他不想斥責這個孩子。一直以來勸她試著回到父母身旁最多次的人就是他自己，他完全明白禘明受到的傷害有多深，這不是任何人的錯。既不是禘明的父母的錯，也不是這個女孩的錯，那麼到底應該怪在誰身上呢？

趙玄罌不知道該說什麼來安慰她。

「下次別再說出這種話來。」最後他還是選擇用強硬些的態度，他可不想老是看到季禘明露出這種表情。

「我知道。」

他皺了皺眉，有點抓不住眼前這個女孩的心理。他以為自己已經很了解她，不過自從守人出現之後她似乎又產生了一些變化。其他人或許沒有發現，但是已經跟她一起生活三年以上的時間的自己應該是要能理解她的，趙玄罌有些懊惱地想著。雖然解決了一個問題，接著卻又要面對其他更難應付的。

放鬆肩膀，他拿起烤酥的吐司，均勻塗好果醬後送進嘴裡。

「今天下午，妳會帶守人一起過來吧？」

「……嗯。」

「我會準備很多東西噢，如果吃不完會浪費掉的。」

「嗯。」

「茉妮卡小姐和劉醫生也會過來。」

「是嗎？」

「如果又演變成尷尬的局面我會很傷腦筋的。」

「我去上學了。」

「……路上小心。」

季締明點點頭，拿起書包起身離開廚房。

他深呼吸了兩次，接著吐出長長的嘆息。爾後不要隨便提起締明雙親的事看來也要跟守人好好溝通才行，還有締明的父母那邊也是，必須想辦法在適當的時機點安排他們進行一次會面。

真希望那個兇手可以安分一點別再隨便殺人，他忍不住想。

托著下巴目送季締明離去後，趙玄嬰把剩下的食物吃掉。締明沒動多少讓他吃得有點撐。把報紙仔細讀完之後，他走到吧檯旁，撥了一通電話給翁子園，希望她稍晚的時間能夠過來一趟。

談話進行得很順利，翁子園也沒有多問什麼，只是聲音聽起來異常冷淡。掛斷電話後他將餐桌收拾乾淨，開始進行開店前的準備工作。

三明治的材料已經事先備妥了，其他的點心也已經跟往常的店家訂購好只等開店前送過來。他試著泡一壺紅茶嚐嚐味道，手藝並沒有變差，只是準備過程變得有點生疏，速度比以往慢了些，看來多多少少還是需要一點時間才能恢復以前的狀態。

趙玄罌換上工作用的襯衫，仔細地在鏡子前整理儀容並且調整細繩領結，確認自己的衣服上沒有任何汙垢或是瑕疵，冒出頭來的鬍子也挑出來拔掉。接下來把店裡的桌椅好好擦拭過一遍，掃除地板上頭的灰塵，落地玻璃噴上清潔劑之後擦得光滑明亮。

檢查過茶葉的狀態之後他稍微安下心，接著只要等到十點半的營業時間開始就行了。

營業開始之前他有些擔心，畢竟對外頭的解釋是有不良分子在店裡頭鬧事引起的大混亂，雖然對警察那邊是勉強隱瞞過去，不過對常來的客人來說是有些不可思議的事態。不只是店被砸得亂七八糟牆壁上還留著彈孔，再怎麼解釋也會在客人心裡留下陰影，沒有一般居民會想去一間曾經被不良分子襲擊的店。

他在吧檯擺上一組西洋棋並且排好棋子，這是個給客人的小遊戲。如果下出決定性的棋步的話就可以得到一次免費招待。接著將德布西的貝加馬斯克組曲作為今天的背景音樂，用輕柔的音量播放。

在客人陸續光臨之後他總算鬆了口氣，雖然客人不像以前那樣多，常見的面孔少了一些，不過對趙玄罌來說還算是好事，如果像之前那樣他絕對會忙不過來。必須趕快重新適應工作的日常生活，客人可以慢慢經營回來不是問題。

忙活一陣之後，時間剛過中午，店裡點餐的客人變多了些。趙玄罌趁著接待完客人的空閒時間稍事休息。然後，安置在附近的監視眼捕捉到一個打扮奇異的男性。

撐著蘇芳色竹傘，陽光透過紙面形成一圈黯淡的灰紅光影，傘緣籠罩著男性的臉。他穿著柳綠色的男性和服上衣，內裡卻穿著立領白杉，長袖口從寬闊的和袖裡延伸出來，深色長褲整齊的紮入質地良好的皮製長筒靴中。

有如明治維新時期的末代武士。

他的身高不高，身子看起來只能用瘦弱來形容，腳步卻沉穩又迅捷。

在傘的陰影下，他的皮膚顯得慘白，露出的手掌照射到陽光的時候變成半透明，襯出底下的血液顏色，暗綠色的靜脈攀附在手背上，宛若寄生植物的莖。

趙玄罌持續注意著他的動向，發現他正朝著月樓緩慢地前進。不久之後，他透過入口旁的透光毛玻璃看見他出現在店前。

男子停頓了一下，似乎在確認些什麼，然後朝著大門走來。

門前掛著的響鈴匡啷響起，男子在踏入建築物內的同時以俐落的手法收起竹傘，狹長而尖銳的雙目隨即定在趙玄罌臉上。他仔細打量過趙玄罌，緩緩開口。

「請問還有座位嗎？」青年用溫和的語氣問道。

「啊……有的！」他迅速起身。

趙玄罌頓時忘了招呼他，不僅是身上的衣服十分特別，他的面貌和皮膚的顏色同樣令人印象深刻。

白子。

白化症患者的代稱。

他的臉上浮著紅暈，猶如染紅雪地的鮮血。五官像刀刃一樣薄而銳利，卻不給人帶來任何壓力，視線安逸而穩定。看起來不超過二十歲的臉孔沒有一絲稚氣。彎月形眼瞼彷彿為了避免進入太多光線般壓細，眼瞳是寶石般的赤赭，髮絲纖白，剪得俐落而短，沒有多餘的長度。

他聽見趙玄罌的答案，露出淺笑之後正準備將竹傘放進傘架裡頭。

「您可以帶進來店裡沒有關係的。那是給普通雨傘準備的架子，如果是竹傘的話可能會刮傷的。」

「這樣的話，失禮了。」他用手掌圈住傘葉，稍行欠身後踏上店內的地板，幾乎沒發出任何聲響，像是悠然行於原始叢林中的草食動物一樣溫馴而安靜。

「在下不能曬光，所以請安排靠內的位置。」

「我明白了，請往這邊走。」

趙玄罌將他帶到一處光線較暗的座席，平常那個位置就很少人坐，不過對這位年輕人來說倒是適得其所。途中許多店內客人的好奇目光都投注在他身上，私語聲漸起逐落。

騷動的漣漪收緩，趙玄罌拿來店裡的茶點目錄給這位奇異的訪客。

翻過整本目錄之後，青年點了洛神花茶，同時開口問道：

「請問有甜點以外的食物嗎？」

「您有需要的話，店內供應簡單的三明治。」

「好的，請務必替在下作一份。」他闔起菜單，朝著趙玄罌點頭致意。

儀態良好而且用詞簡潔、語氣高雅。趙玄罌忍不住暗自臆測他的身分。他顯然不是宵影的成員，在他的認知範圍內宵影沒有這樣子的使者，但他身邊所帶有的氛圍與潛藏在內的氣息又和一般人截然不同。

趙玄罌收回目錄，走回吧檯內準備點單，心裡覺得此人的來頭肯定非比尋常。

到廚房內做好三明治之後連同泡好的花茶送上，趙玄罌一直感覺他的視線始終勾著自己不放，讓他覺得十分不自在。被人用眼睛盯著瞧的情形趙玄罌並非沒經歷過，但在這樣遠比自己引人注目的人身上還是頭一次。

用正確的字眼形容的話就是窺視。

不知道是否因為他坐在角落的暗處，讓這種異常感更加明顯。

他在桌上細心擺好茶具和裝著三明治的瓷盤，說了業務上的禮貌性問句對答之後匆匆退下。青年的語氣依然謙恭有禮，但他就是覺得難應付。他欠身離開，沿途詢問其他客人是否需要服務，然後清洗回收的茶具和杯盤。

之後完全沒有進來新的客人，用完餐點的客人逐漸離開，彷彿被設置了結界般，最後只剩下趙玄罌和他兩個人待在同一個空間內。

中午的營業只到兩點半為止，接下來則是個人的休息和準備時間。現在時間已經逼近兩點二十分，青年已經吃完了三明治卻沒有表現出任何起身離開的意思，注視著斟滿紫紅茶湯的圓口淺杯，沉默。

既沒有翻看雜誌也沒有其他消遣行為，只是一味地沉默。

趙玄罌猶豫是否要過去提醒他營業時間的事情，決定再稍等一會兒。

分針越過六，青年還是絲毫不為所動。

趙玄罌無奈起身，緩步走到沉浸在陰影中的席位前，開口說道：「這位客人，打擾到您非常抱歉，但是我們的營業時間已經過了，如果……」

「在下是來拜訪您的，」青年不疾不徐地說道：「趙玄罌先生。」

趙玄罌內心暗凜，他應該沒有說過自己的名字才對。

「我們曾經見過面嗎？」

「未曾。」

「那麼請教您，為什麼知道我這個人，又是為什麼要來『拜訪』我呢？」

「請容在下先自我介紹，您聽聞過入來院這個姓氏嗎？」

入來院財團。

二次世界大戰之後，日本國藉著戰後經濟復甦快速崛起，許多在戰前就有雄厚資源和背景的家族也趁此機會踏入市場中。衰敗者有之，豪盛者亦有之。而入來院家族便是其中收穫最為豐碩的一族。

他們在動盪的年代中一攫千金，無人知曉他們避開風險的依據是什麼。隨著技術環境高速進步，入來院家族隱於幕後進行房地產和股市的投資，對於企業的資助更是不遺餘力。在日本企業踏入國際市場的同時，入來院財團也傾注了龐大的金錢進入世界各國。

或許對一般民眾來說甚少有直接接觸的機會，但是對於投資客、企業家、各國政府來說，入來院財團都是不可小覷的存在。

他們安靜而且低調，從不索求，只是單純的投資獲益。

當然，不完全僅止於此。

入來院財團同時致力於各種科學研究的資助，從神祕學到天文宇宙學無不囊括。

影子使者的活動自然也包含在內。

趙玄罌所屬的宵影便是受到入來院財團的贊助而成立。

入來院家資助的對象不僅止宵影這類的維和集團，同時也有援助殺影者，以及類似因摩陀那樣的野心家的傳聞。

動機不明，目的也不明。

這就是入來院財團。

趙玄罌緩慢地吐息，壓下心中的騷亂後應道：「聽過，那是日本最大的財團之一。」

「在下是入來院家的嫡長子，名叫宗介。」

趙玄罌不敢置信地望著眼前的孱弱青年。

照原先他所猜想的，此人頂多是入來院家的代表，就連宵影的上層幹部也幾乎沒有與入來院本家接觸的機會。而這個人竟然如此主張自己是入來院家的嫡長子，要說是詐欺或陷阱也未免太過脫離現實。

「入來院家的長子找我有什麼事呢？」趙玄罌半信半疑地發問。

入來院宗介微微一笑，伸手拿起瓷杯淺啜，裡頭的茶湯幾乎沒有減少。

「在下並非代表家族前來，而是以私人身分來到貴地。」

「喔？」

「在下的目的是為了尋人。」宗介從胸前的口袋中拿出一張相紙，輕巧的壓在玻璃桌面，傾身推到他面前。

趙玄罌拿起照片，彩度略減的相紙上頭攝入一位少女，年齡看起來還只是小學生，身上穿著堇色的高雅和服。她的長髮如同頂級綢緞映著柔順的光，平整的瀏海之下，一對深沉的黑色眼瞳幾乎攫去了他的所有注意力。

她的面容和入來院宗介有幾分神似，如果眼前的男人真的是入來院家的人，那麼這位少女想必也是。

「這位是……？」

「舍妹名叫撫子，入來院撫子。在下便是為了尋找她的行蹤而來到此地。」

「此事和我有什麼關係嗎？」

「您是宵影的成員，同時也身為這個區域的『監視者』，理當是最為理解這個區域的人。在下雖然獲得了舍妹來到此地的情報，但是對於她的行跡卻沒有更詳細的掌握，因此想要請您協助在下。如果您願意幫助在下尋得舍妹，在下也會給予相對的報酬。」

「……你知道我的事情。」

「是的，而且在下也同是影子使者。順帶一提，舍妹亦是。」

聽到宗介說出宵影的名字之後趙玄嚳就有此人知道自己是影子使者的心理準備，他早就意識到入來院家族內部也有影子使者的這個事實，卻沒想到這個稱自己是入來院家長子的青年竟然會如此誠然地說出自己就是影子使者。

「既然您身為入來院家的長子，應該有相對的資源能夠運用，又何須紆尊降貴親自來到這裡請求我的幫助？」

「在下剛才說過，此乃在下私人的請求。與家族無關。」

「既然照片中的女性是您的血親，又怎麼會與家族無關？」

「與家族無關的不是舍妹。」那一瞬，宗介的眼神變得冷冽。「而是在下。」

趙玄嚳一開始不太明白宗介所說的話是什麼意思，但是隨即轉念過來。

「也就是說，入來院家不希望您找到令妹？」

「不是不希望，而是無關。這件事情與入來院家無關，是在下與舍妹之間的問題，所以在下既沒有必要、也儘可能地不希望動用家族的力量。」

「這麼說來，身為宵影成員，身為入來院財團資助對象的我，也可以順情地拒絕您的請求了。」

「那是您的選擇，在下沒有強迫您的意思。」

宗介再度取起瓷杯，放下。

入來院宗介雖然這麼說，但他畢竟還是入來院家的一員，如果因為自己的關係而影響了宵影未來的發展，怎麼算都划不來。再怎麼說自己也是靠著替宵影工作得來的報酬才能開出這麼一間店，真要說的話，說不定有一大半的資金都是來自入來院家。

再怎麼樣都沒有壞處。

至於入來院宗介身分的可靠性只要之後確認就可以了。

「我明白了，你需要我做些什麼？」

青年微笑。

「聽說您的職務是監視者，也就是說您具有觀察這個地區的能力。在下的要求很簡單，只要在您執行日常任務的時候替在下多留意是否有舍妹的行蹤即可，如果有所發現，請立刻通知在下。」

「您似乎很確定令妹就身處在這座城市。」

「是的，關於這點就是在下的祕密，請您不要多問。」

「……我懂了。」

「既然您答應了在下的請託，在下還有另一件事想請教。」宗介又從懷中取出另一張照片。「不知道您是否見過這位女性。」

接過照片，趙玄罌頓時覺得腦中一片空白。

雖然畫質不是十分清晰，也只照到人物的側面，但是不論從穿著打扮還是那略微模糊的容貌，趙玄罌都相當確信自己見過照片中的女性。

茉妮卡．雪菲爾。

「我見過她。」趙玄罌說道：「她剛來到這個城市的時候，宵影曾經派我對她進行接觸。但是……她並沒有接受宵影的邀請。」

「所以說，您見過她，卻不知道她現在身在何處。」

「……是的。」

說出這句話語的一秒鐘之後，趙玄罌就在內心大叫不妙。

監視眼看見茉妮卡出現在不遠處。穿著潔白襯衫和鮮豔的紅色短褲，輕快地移動腳步。入口的鈴響起。

「我來幫忙了！」

茉妮卡．雪菲爾正帶著無比的熱情，光明正大地出現在他身後。

這回，入來院宗介把茶湯飲盡。

「咦，還有客人在呀？」茉妮卡步步逼近，從她的角度似乎看不見桌後之人的容貌。

「別來無恙，茉妮卡．雪菲爾女士。」宗介的嘴角泛起笑意。

聽見聲音的剎那，茉妮卡彷彿被「石眼」定身般四肢僵直，趙玄罌尷尬地轉身之後，入來院宗介便完全出現在她面前。茉妮卡退後了幾步，接著以飛快的速度躲到玄關之後，梅杜莎從她的腳邊現身，卻只是淡薄的一抹灰影。

「你……你為什麼會在這裡！」茉妮卡驚慌地大叫：「我明明已經想盡辦法躲開你了——入來院宗介！」

「此話實令在下傷心，雪菲爾女士。在下可是十分愛慕像您如此迷人的女性。」

「咦——？」

入來院宗介起身，無聲地走過趙玄嬰身旁。

梅杜莎揭下眼罩，瞬間靜止。

入來院宗介被「石眼」綁縛。

「在下明明非您之敵，為何總是如此顧慮在下？」

宗介繼續前進。

「咦……梅杜莎？」

梅杜莎的「石眼」仍然產生效果，但在午後的陽光照耀之下，即使在室內也無法完全限制住目標。入來院宗介憑著自身意識繼續向前，直到茉妮卡身旁。他伸出手，竭盡全力撫向茉妮卡圓潤的臉頰。

「在下總算又再見到您了，這次，請您務必答應在下。」

「什……你不要又亂說話！」茉妮卡撥開宗介纖白的手，僵硬地繞過宗介躲在趙玄嬰身後。

又……？

「在下很中意妳，雪菲爾女士。」入來院家的嫡長子誠實地告白。

趙玄嬰瞠目結舌。

「等等，這是怎麼回事？」

「不——要！」茉妮卡滿臉通紅地厲聲拒絕。

「真是遺憾。」入來院宗介露出苦笑。「為什麼您就這麼討厭在下呢?趙玄罌先生,在下難道有這麼不討人喜歡嗎?」

「呃……當然沒這回事。」

「難道雪菲爾女士是因為在下身為白子而有所顧忌嗎?確實從優生學的角度來想,在下不是適合的姻婚對象,但是基因工程對入來院家來說絕對不是問題。」

「請您等等,現在到底是怎麼回事?」

「這麼說來,方才您對在下說謊了呢,趙玄罌先生。難道說雪菲爾女士喜歡的是您嗎?您為了獨占雪菲爾女士而對在下說謊,是因為這個原因嗎?」宗介盯著躲在趙玄罌身後的茱妮卡,有些咄咄逼人地問。

茱妮卡宛如被蛇盯上的青蛙,全身僵直發抖。

「絕對沒這回事……入來院先生。是我先答應了雪菲爾小姐不向其他人透露她的行蹤所以才對您說謊,絕非有意隱瞞。」

入來院左手輕握,底部在右手掌心敲了一下。

「原來如此,那就沒有問題了。」

「什麼沒有問題!你、你不要接近我!」

「為什麼就如此討厭在下呢?」宗介垂下肩膀,露出十分失望的表情。

「從在倫敦的時候就老是跟在女孩子後面巴著不放,這樣子當然討人厭啊!」

「好了好了,你們兩位請稍微冷靜一些,坐下來好好談吧。」趙玄罌不懂兩人過去的關係，好不容易宗介沒有更進一步的舉動，他趕緊抓住空隙從中緩頰。他先把茉妮卡推到旁邊的座位上，接著請宗介在對面坐下，兩個人之間隔著一張餐桌。趙玄嚳拍了拍茉妮卡的肩膀安撫她的情緒，然後端了一組茶具回來，在三人面前各自擺下茶水。

「兩位就好好把話說清楚吧。」趙玄嚳支著下巴，彷彿在欣賞即將開場的鬧劇般。

「沒想到你竟然追我追到這個地方來，我真是太大意了！」茉妮卡吞下整杯紅茶之後喀地一聲將杯子撞在瓷盤上頭，氣喘吁吁地說：「你到底想要幹嘛！」

「您誤會在下了，在下並非刻意為了您，而是為了找尋舍妹才來到此地。」

「咦？撫子她……還沒有回家嗎？」

「是的，在下十分擔心，擔心得已經到了廢寢忘食的地步。好不容易您已經不再繼續幫助她，而且在下又得到能夠自由行動的時間，再加上收到了她就在這座城市某處的情報，無論如何，在下都要將她帶回去。」

「撫子她來這裡了？難道是……」

「是的，想必是追著您而行動的。從某方面來說舍妹是個耿直的孩子，和在下是同一類型的人，喜歡的東西絕不放過。」

「什、什麼喜歡的東西！你明明是看上梅杜莎的能力才……」茉妮卡緋紅的雙頰氣鼓鼓地脹著。

「是的，但那只不過是在下喜歡您的其中一個原因，您的所有我都喜歡，而且您的能力對入來院家又是不可或缺的力量。入來院家供給情報源，由您的『拉普拉斯』來進行演算，入來院家就可以登上世界的頂點，而身為入來院家長子的在下和成為在下正室的女性結合所誕下的子嗣，將成為最高的存在。」

真是會自吹自擂的大少爺啊。趙玄罌暗想。

「不要擅自把話題扯回來！要找撫子就趕快去找，不要再繼續糾纏我了！」

「嗯……但是既然確認了您就在這裡，就表示在下只要待在您身旁守株待兔就行了吧。」

茉妮卡嚥到一半的茶差點吐了出來。

「別……別說傻話了……」用手背擦拭嘴角，茉妮卡伸出手指著宗介的鼻尖大叫：「你離我遠一點啦！」

「那是在下的個人自由。」

「會侵犯到別人自由的自由根本不叫自由啦！」

「是嗎？」

「咦……這麼說來，找到撫子之後你會帶她回去日本。」

「是的。」

「所以你就不能再纏著我了？」

「雖然相當遺憾，不過您說的沒錯。」

「我知道了！我也一起幫你找到撫子就可以了吧！」

「真是感激不盡。」

「好，那麼這件事情就交給我，只要一找到撫子我就會立刻帶她來找你。」

入來院露出滿意的笑容，順了順衣服之後站起身。

趙玄嚳替他將留在後方的竹傘取來，小心翼翼地交還給宗介，宗介從懷中拿出一張名片，上頭印著市內最高級飯店的聯絡電話以及宗介所入住的房號。

「有任何發現的話請立刻通知在下，在下會以最快的速度回覆。那麼……在下就先行告辭了。」宗介接過傘，向兩人點頭致意。

「你真的是來找撫子的呀……」茉妮卡有點訝異地說。

「您這麼一提，在下又想起一件該對您說的事。」宗介說著，回過頭。

「咦？」

「請與在下結婚吧。」

「……我不要。」

「呵呵呵。那麼，這次真的要告辭了。」

入來院宗介走向玄關，打開門扉的同時張開傘葉，從兩人面前離去。

「他……好像……」趙玄嚳看著癱在桌上的茉妮卡半晌，好不容易才回神。

「好像什麼？」茉妮卡有氣無力地問。

「……沒付錢。」

「什麼嘛……那種事情怎麼樣都可以啦，那個人真的很難纏。只要他能趕快離開，我來替他買單也沒關係。」

趙玄嚳扶著椅背坐下，覺得已經沒有力氣準備晚上的茶會了。

ch4.

破壞的殘跡

上衣被汗水浸濕，滿頭大汗的藍斯．杜因走在市中心，手上拿著從圖書館調閱複印的各種剪報資料以及整個市區的地圖。

地圖已經用紅筆作上記號，圈畫著三個地點，分別是一處出租大樓、百貨公司以及市立醫院。全都是發生在不久前的爆炸事件。

雖然公開的情報是恐怖攻擊事件，但是對影子使者來說都有著相同的直覺。

那是影子使者幹的。

離開美國之後，入來院撫子帶著藍斯來到這個城市。那個身手矯健的老管家清川讓不知奉了什麼指令離開撫子的身邊，留下他獨自和撫子共處，於是服侍這位大小姐的職責自然全都落到了他的身上。

撫子幾乎沒有多餘的行李，身上只帶了付款用的各種卡片和旅行支票就入住了市區最高檔的飯店，最高層的總統套房，連登記人都是寫上藍斯的名字。

「我住的是單人房，所以你自己找地方睡吧。」

撫子冷淡地說完後就將他掃地出門，考量了自己的經濟狀態之後，他決定在附近找家便宜的旅館暫時入住。一來雖然入來院給的支票金額相當高，但日期未到還無法支領，二來自己本來就沒多少積蓄，又不知道得在這裡住上多久，能有個睡覺的地方就足夠了。

安頓好行李沒多久撫子就立刻要他去工作，尋找茉妮卡．雪菲爾的工作。

藍斯在公園的樹蔭下坐下來休息，溼熱的氣候讓他很不習慣，襯衫黏在皮膚上的觸感很難受，他脫下西裝外套，將袖子捲到手肘處鬆開領帶。樹影讓他感覺舒服多了，風也若有似無地吹起來。

圖書館找來的資訊相當齊全，他攤開手中複印的紙本，除了新聞報紙之外，那些八卦小報刊載的內容也十分有趣，不過關鍵的情報卻沒有多少，除了一張照片。

黑色的重型機車，上頭載著四個人在夜空中飛躍。

攝影畫面擷取放大後的模糊圖像，已經十分具討論性。

大概是這個城市內的影子使者。

按照自己所讀取到的記憶所示，那女人肯定來過這裡，但是連她是否還待在這裡也無法確定。無可奈何，只能先從城市內的影子使者身上下手。

這起爆炸案毫無疑問是影子使者幹的，而阻止他的那群人或許會知道與那女人相關的事情。

大海撈針，他只能朝最好的方向去想。

總之，先到這三處走一趟看看情況吧。

前往現場走一趟確認是否有影子使者遺留的痕跡，找到使者之後再以入來院財團的身分進行交涉，最佳的情況是茱妮卡·雪菲爾本人就參與其中。

路線規劃完成之後，他挽起外套開始行動。

第一目標是首當其衝被炸毀的租賃型商業大樓。

當他用手帕抹去額上的汗水，好不容易找到第一起事發地點的時候，赫然發現那棟大樓已經開始進行修整，似乎因為建築結構體受到影響而必須作大規模的改建，工事現場被圍住，爆炸的痕跡已經完全消失。

藍斯・杜因沒有太意外，畢竟是已經經過一個月以上的事件，私有的建築物在警察調查完畢之後立刻進行改建也是很正常的事情。

他呼了口氣，徒步前往下一個地點。

那座巨大的建築物看起來像是被惡火焚燒許久，玻璃帷幕鍍上一層怵目驚心的黑色焦痕，沿著樓層數不斷攀升。他站在馬路對面的便利商店門口，望著同樣進入整修狀態的原百貨公司看了五分鐘左右，打消進去探查的念頭。

走進便利商店，買了萬寶路和一罐可口可樂，這飲料還真是到處都能買到。

這座城市讓他徹底感受到身為強勢文化民族的優越感。

藍斯坐到櫥窗前的座位，打開可樂一口氣喝掉半瓶左右，冷冽的碳酸糖漿刺激著他的喉嚨和鼻腔，身體的熱度好像被高壓冷卻的二氧化碳吸收似的蒸散。他鬆開領口的鈕釦，頓時覺得冷氣有些太冷了。

他拄著手肘，看著玻璃外頭那座燒焦的建築物。外頭搭起許多鷹架，從這個位置正好能看見入口大廳，施工員正在裡頭揮汗工作。他摸著玻璃檯座，旁邊放了一盆小小的觀葉植物，然後奇異的思緒竄入他的腦海。

眼前的百貨公司正在燃燒著，黑煙不祥地噴出，火焰如同烤爐般不斷蒸著建築物。他愣了一下，是某人在這檯座上留下的思念殘片。按理來說這並不讓他太意外，如果有人事發當時正好坐在這裡看見當時的場景，會留下思念也是很正常的事情，不過因為眼前的畫面實在太過鮮明讓他突然感到一陣惡寒。

他想點菸，摸了摸身上的口袋卻發現沒有打火機，於是走到櫃檯又買了一個。

午後三點，陽光雖然已經過了最炙熱的時段，但柏油路面所蒸出的熱氣還是相當逼人。他苦著臉離開便利商店，順手將可樂罐塞進垃圾桶。

西裝外套勾在肩後，便利商店旁的小路正好可以直達市立醫院。這條路沿著河川，或者該說是水溝，或者是他不懂的什麼亂七八糟的玩意兒。明明看起來像是河，裡頭的水卻是噁心的灰色，飄出略微噁心的味道，跟路旁種植的行道樹完全不搭調，還有汙水正從排水口內汩汩流出。

藍斯皺了皺眉，用手指捏了捏鼻子。

拿出萬寶路塞進嘴裡，用火燄點燃菸草之後蓋過那味道，他深深吸氣，讓香菸前端猛烈燃燒，把尼古丁和焦油留在肺中然後吐出。

沿著水道順流而上，走了大約三十分鐘才抵達市立醫院。

彈掉第二根菸蒂，他瞪著眼前這座廢墟。

比起前兩棟建築，這所三層樓高的老舊病院，此時已經完全沒了建築物的樣子。玻璃已經碎光，由裡到外找不出幾處完好的地方，混凝土被燒出無數龜裂，構造物碎片散落一地。外頭的停車場和空地已經堆著許多砂石和施工機具，入口處也隔著柵欄，卻完全沒人看守也沒有開始動工的樣子。

藍斯向四周望了望，推開柵欄溜了進去。

剛踏進正門，藍斯就發現這個地方根本就應該以「戰場」來形容。爆炸的痕跡遍布四處，被火焰吞噬而變成廢棄物的傢俱還未清理，地面也被炸得面目全非，牆壁被墨黑的焦痕覆蓋，怵目驚心的裂縫像蜘蛛網一樣纏在上頭。

空氣很混濁，浮著大量塵埃。火藥味和若有似無的殘存消毒水味充斥其中，或許消毒水味只是他的錯覺也說不定。他抽抽鼻子，開始在室內巡視。

龐大的恐懼情緒鑽進他的腦子裡，讓他全身發涼，是當時火場內的人們遺留的恐怖感，曾經的火海在他的視野中燃燒。

皮鞋在地面發出空洞的迴響，他又花了半個小時左右逐一查看每個房間。

那「恐怖分子」下手相當狠毒，似乎是看了人就炸，任何地方都不放過，原本給人潔白印象的醫院如今變成漆黑的死域，玻璃碎片和崩毀的牆面磁磚將地板填滿，踩在上頭的時候啵啵作響。他不去猜想「恐怖分子」的目的是什麼，炸掉百貨公司和大樓，然後跑到醫院來大開殺戒到底是有什麼企圖呢？

他搞不懂也不想懂。

當時的慘狀並不難想像，根據報紙上的說法，由於當時有大量的傷者被送到市立醫院，救護人員和記者，以及更多的家屬群眾幾乎將這附近塞得水洩不通。

爆炸發生的當時現場沒有多少人反應過來，再加上因為傷者眾多，這間醫院反而變成死傷人數最多的地方。根據生還者的說法，恐怖分子似乎是直接將炸彈依照順序引爆，從入口大廳開始深入，然後由底層逐漸向上，炸燬所有的病房和通道。

「恐怖分子！」

他在心底冷笑。

看著那座被燒得烏漆抹黑的樓梯，他一度猶豫是不是還能踏上去。不過他沒有選擇，這所醫院當然已經沒有電梯可以搭了，只能走樓梯。

二樓的狀況看起來跟底下差不多，他沒多作停留，直上三樓。

剛踏上該層他就發現這裡比底下明亮不少，原因是一堵被挖空擊碎的牆壁，風從空無一物之處直接灌入。他猜想那輛摩托車八成就是從此處脫離火場的，根據照片的角度和方位來說應該不會錯。

藍斯走到破口處向下看，用手帕抹掉汗水，雙腳有些發顫。

騎著摩托車直接從這種地方飛出去嗎？真是群不要命的傢伙。

不過可以確定的是，戰鬥應該是在此處開始的。

就爆炸涵蓋的面積來看，三樓不僅是最少的，後方也有很大一部分的空間沒有遭到攻擊，牆壁相當乾淨，除了覆上塵土之外還能算是無瑕。

他四處搜查，尤其是有一圈爆炸和燃燒痕跡特別濃厚的地方。雖然不知道打倒這位炸彈使者的人到底用了什麼樣的手法，不過既然能阻止他，想必也是相當有一手。

蹲低身子，他發現地面上幾處黑壓壓的血跡，還有一灘看起來像是嘔吐的殘留物，已經完全風乾硬化，沙塵蓋在上頭。被炸落的土石有移動的痕跡，似乎是為了替機車開道所留下。

藍斯．杜因站在那兒，猶豫了相當長的時間。

最後他掏出瑞士刀把兩者都刮了些碎屑下來，用紙分開包好收進口袋。

不知道是哪方的，如果個別是不同人所留下的……

Fuck，都得吃下去。而且還有兩方都不是的可能性。

就算他不想吃，那個小妮子也會逼他吞下去。

拿出手機，撥通裡頭唯一的號碼，響了三聲之後對面傳來慵懶的聲音。

「——什麼事？」

「我找到了一點線索，大概是這個城市裡的影子使者留下來的。」

「我叫你去找茉妮卡．雪菲爾，你跑去找其他人做什麼？」

「大小姐，我沒有其他辦法啊，妳是要我拿著照片到大街上去到處問有沒有人看過這個金髮女孩嗎？」

「……隨便你。既然人還沒找到，你打電話給我做什麼？」

「我發現了一些血跡和像是嘔吐物的東西，如果嚐一點的話說不定可以得到那些人的情報，只是我在想……」

「想什麼？難不成要本小姐餵你嗎？」

那也不錯。不過藍斯沒有說出來。

「有明確的結果之前不要再打擾我睡覺了。」撫子掛斷電話。

這該死的丫頭。

藍斯有股把手機砸掉的衝動，強忍之後他把手機收回口袋，帶著兩小包混著灰塵的髒東西下樓離開這鬼地方，他想快點回去旅社好好沖個澡，然後想辦法把髒東西給吞下肚。就算帶著本人的遺傳因子，在空氣中暴露了那麼久效果也會大打折扣。

不過在此之前還有個地方得去。

照片裡的四個人之中，坐在後座兩腋各自挾著個人的那個少年身上似乎是穿著附近學校的制服，用單純的直覺式思考，也就是說少年是那所學校裡的學生。他看了看錶，已經接近放學時刻。他嘆了口氣，決定移動他那可憐的雙腳到那所學校走一趟。

他走到外頭，離開醫院步向最近的便利商店，在無人的座位上打開地圖重新確認一次順便稍作休息。這地方什麼不多，就是便利商店和機車最多。

確定路線之後，他又買了罐可樂邊走邊喝，或許他應該搭計程車，但是最還決定還是用雙腿會比較符合他的風格。

那所學校就位在離醫院不遠處的住宅區內，就算是徒步也只花了十分鐘左右。當他抵達的時候成群的學生正從大門口湧出來。他們整齊劃一地穿著制服，形式上除了男女有別之外他分不太出每個人的臉孔。他拿出複印的照片，等在離大門口最近，交叉路旁的民宅騎樓前隨便挑了臺機車靠著，點燃香菸看著這些學生。

照片上後座的少年戴著安全帽，只能勉強看見臉的輪廓，所有細節都看不清楚。

裡面就藏著打倒「恐怖分子」的人。

坐在那兒看了半天，直到學生全部散去，陽光開始變得昏黃，他還是沒搞出什麼頭緒。

如果那人是這學校的學生，那位騎著黑色重型機車的騎士或許也會出現在這學校附近，至少看起來應該像是同伴或者彼此間有一定程度的合作關係，否則不會一同與「恐怖分子」戰鬥。至於掛在少年手上，失去意識的兩人的身分他就不這麼確定。

那兩人也是同伴嗎？抑或就是「恐怖分子」本身？

報紙上沒有刊登逮到犯人的訊息，看樣子應該連犯人的身分都還無法確定。而除了從三樓逃出火場的那輛摩托車之外似乎也沒有其他線索，當然混在人群中逃走或是複數犯人的可能性也是有的，也有可能所謂的「恐怖分子」其實是影子的具現體。只要能夠找到那兩人，所有的問題都能迎刃而解。

接下來，他看見一輛摩托車接近。

黑衣騎士在附近停下，脫下安全帽散開一頭長髮。

那輛機車和照片上的不同，照片上的樣式是競速型的賽車，而眼前的女孩子所騎乘的卻是臺怪獸般的龐然大物。

偵探隱身於柱後，靜待出現在眼前之人的動向。

ch5.

遭遇與衝突

「都幾點了，這小子還不打算出來啊。」

夕陽漸斜，闔上手機，翁子園抬頭望天，靠著 Monster 低聲抱怨。天空已經轉為濃厚的橙色，進入秋天之後，入夜的時間就逐漸縮短，儘管如此，她還是事先傳了簡訊給李彥丞要他放學後早點出來。

接到趙玄嚳的電話之後，雖然沒有明說，她也隱約知道是為了什麼事。

大概是委託吧。

那個人想把她自己和彥丞拉到己方……是嗎？雖然趙玄嚳表現得相當明顯，但是翁子園總覺得他的態度令人相當難以回應，好像連趙玄嚳自己都不太確定自己拉攏這兩人是否是正確的決定似的猶豫不決。當然這並不讓她感到困擾，她已經很習慣外界的眼光，更何況她和趙玄嚳先前就有過一面之緣，與宵影合作的情況也是所在多有。

問題的根源並不在她身上。

而那位問題兒童現在還遲遲不出現，如果是其他人的話實在是會令她有股以木刀痛毆的衝動。翁子園嘆了口氣，不耐煩的踩著騎士靴。每次看著眼前熟悉的校園大門，或多或少也讓她回想起以前那段放蕩不羈的日子。像是故意挑釁警察或是拿木刀砸破別人腦袋這種事她可沒少幹過，就算現在已經收斂許多，但她並不覺得自己和以前有很大的區別。除了現在木刀只固定砸同個人腦袋上之外。

她不明白為什麼每個人都把李彥丞當作異類看待，雖然他的確是個奇特的傢伙，但是翁子園並不覺得可怕，正確地說，她覺得很有趣。

學校和她畢業時並沒有什麼改變，畢竟只是一年前的事情。天色變暗學生散去之後變得相當荒涼，像是進入短暫冬眠的巨大蟒蛇巢穴般死氣沉沉。

打發時間般，她開始打量四周的景物，然後一股不協調的異樣視覺映入她的眼簾，她眉頭微蹙，以不能稱為好奇的目光看著逐漸接近的獨行者。

他身穿和洋合璧式的衣裝，手持竹傘，影子被夕陽拉得斜長。

真是奇妙的裝扮，翁子園在心中暗自猜測這人到底是外國人還是單純的扮裝，但是那股不容忽視的存在感實在令人介意。傘緣正巧遮擋住來者的上半張臉，因此連身高看來都有些難以掌握，從肩膀的位置判斷的話或許和自己差不多高。

他走在街道的對側，正好沿著學校的圍牆行走，步行的速度並不快，相當穩定而且感覺流暢。用流暢來形容人的走路方式或許有些怪異，但是翁子園甚少看過如此讓人感覺柔和而秀逸的走路方式，足尖猶如點落水般輕靈又不帶任何造作感，彷彿全身的活動都融入這步行的動作中。

奇怪的傢伙……她想。

走到學校的正門後，來者停下腳步，背對著子園所以看不見表情，但似乎是相當專注的抬頭看著聳立在眼前的學校名稱。鐵柵門已經完全拉上，只留下邊側的狹窄出入口，他就這樣站在金屬格柵前望著校園內部。

時間靜止。

下個瞬間，那人轉過身來，直接跨越馬路無畏地朝著她的方向前進。

「很棒的摩托車呢，簡直像野生動物一樣。」他朝著子團開口，聲調柔和而有教養。

「……有什麼事嗎？」

「在下只是看見像您如此的女性竟然立於此處而感到一絲好奇，莫非您是在等待什麼人嗎？」

「這不關你的事。」

「的確是，不過那輛摩托車的確是相當美麗，而且上頭竟然還掛著木刀。」他說著，伸手就要摸向車身。

「別擅自動手。」

翁子團揮開他伸向車子的手，蒼白的手腕上立刻現出紅橙的拍痕，握著竹傘的手同時間顫縮。他稍稍退開，然後撤下遮擋最後餘光的傘。

「真是失禮了。」藏在傘下，病氣白皙的臉露出歉意。

「如果沒別的事的話，請你不要打擾我。」

「這是杜卡迪社的 Monster 1100，我記得是義大利的生產商。義大利真是個好國家，料理好吃，天氣熱，當地的人也很熱情，這麼說來和這個國家有點像呢，雖然有著太過奔放而不拘小節的缺陷，不過我很喜歡。」

「說夠了就快滾吧。」

「在下很少離開家門，所以不太能見著實物。確實車如其名是輛相當具有氣魄，如果可以的話能夠讓在下摸摸看嗎？」

不行，簡直無法溝通。

此人我行我素的等級簡直前所未見。雖然說話的口氣有禮貌感覺卻像是飽受溺愛的溫室花朵一樣令人厭煩。

「啊，在下又忘了自我介紹。在下名叫入來院宗介，是入來院家的長子。」

「入來院……那是日本的姓氏。」

「是的，您有聽過嗎？」

「……」

翁子園果斷放棄與眼前的男人交談，雖然說著相同的語言但是意思完全無法交流的話根本就毫無意義。

「果然您也覺得在下很討厭嗎？因為不常跟家族內部以外的女性交談，所以多少會顯得有些彆扭，在下說話的時候經常被女性討厭，是因為無意間冒犯到您了嗎？如果可以的話請務必告知在下，身為入來院家的繼承者，必須認清自己的缺陷才行。」

入來院宗介八成是哪個日本貴族的大少爺，名字聽起來就十分囂張。這種不常見的姓氏，翁子園已經忘記是在什麼地方聽過，不過確實有著印象。是在電視或書本上看過的嗎？感覺是更令人在意的場合才對。

不知何時入來院宗介繞了車身一圈，徹底的從各個角度審視觀察。

「西班牙人的思維果然獨特，這種車身日本人絕對是作不來的。」

話題難道又回到車上了嗎？

雖然喜歡機車，但是她不喜歡討論。討論這種行為大概是人類最沒有意義的活動之一，更何況是和眼前這個煩人的傢伙。她頓時有股跨上車離開要李彥丞自己到月樓會合的衝動，不過……

「你這傢伙擋在這裡想幹嘛啊。」入來院側過身，看向身後的男性。

因為被傘緣擋住視線，宗介將傘倒向身旁順勢收起，稍微抬頭直視面前的少年。他微微躬身，柔聲說：「初次見面，在下是入來院宗介。」

「你認識這傢伙？」李彥丞問。

她搖搖頭。

「也就是說，是來找碴的。」彥丞的眉毛豎了起來。

「在下只是感到有些好奇罷了，並沒有冒犯這位小姐的意思。」入來院宗介伸出手指，點在彥丞的眉心揉了揉。

「倒是您這兒的肌肉鍛鍊得相當結實呢。」

「你……找死！」

李彥丞二話不說揮出拳頭，朝著宗介的門面擊去。宗介身子向後略仰，手中的竹傘迴旋敲中彥丞的手腕偏移重心，同時從外側繞開，流水般滑過彥丞身旁，瞬間將身形移動到李彥丞的視覺死角。

「什……！」

攻擊落空，彥丞身體重心突然不穩，向前踏地穩住身子之後腦袋才回過神來理解剛才所發生的事情。他轉過身，兩眼猶如銅鈴般怒目瞪著入來院宗介。

子園從後方拉住李彥丞的領口，從剛才的動作她已經看出對方並非普通人，武術根基相當深厚。雖然李彥丞並不是沒有和通曉武術的人對打過，而且大多贏得十分輕鬆，但剛才入來院撥開那記拳頭的技巧可不是尋常人能作到的，沒有相當實戰經驗的人可沒辦法像那樣輕鬆偏開別人直擊而來的拳。

「冷靜點，別跟這人搞下去了。」她說。

「放開我，好不容易出現個不知死活的傢伙讓老子能練練拳頭。」彥丞咬緊下顎，臉頰還在顫抖。他握緊拳頭，像隻嗅到血腥味的鯊魚般扭動身體。

「我可是在這裡等了快一個鐘頭，等到天都快黑了你才肯出來，難道還要繼續浪費我的時間嗎？」

「可是……這小子！」看著宗介那張笑臉，彥丞就又想奮力撲過去。

「你還不快走，留在這裡是真的想和這傢伙打上一架嗎？」

「有何不可？」宗介笑道。

「聽到沒有，還不快放開！」彥丞突然感到頸後一鬆，取而代之的是硬物架在齒顎之下的脅威感。

「……別給我得意忘形。」子園的氣勢瞬間膨脹，如同懾服猛獸的馴獸師一般，以冷酷的口吻發出命令。「對一個普通人這麼認真，你忘了我們之間的約定嗎？」

「普通人？」宗介將傘柄點地佇著，隨著黑夜降臨，在路燈下幽靈似的說道：「如果在下是普通人的話，你們兩位又如何呢？」

這下子連翁子園的臉色都變了。

「你……怎麼會……」

「嗯，應該說是身為劍士的直覺？」宗介歪著頭，「兩位應該跟在下一樣都是影子使者？」

李彥丞將頸間的木刀抓開，鼻孔噴了噴氣，雙拳相擊。

「這下子就不算違約了吧。」

「……把周圍弄暗點，別做得太誇張引人注目了。」

「ＯＫ！」

一道影子從他腳底竄出，大約汽車輪胎直徑粗細的黑色手腕攫住路旁的電線桿，掌心收緊，指縫間瀉出混凝土粉塵和碎石，水泥柱拉著電纜倒下，變電箱和扯裂的電線在黑暗中噴出火花。

力量竟然又增強了，這人實在是……明明只要弄破路燈就可以了你這大白痴……翁子園無奈地想著；如果是用影拳打斷電線桿的話她還不覺得奇怪，但是李彥丞竟然以指力捏碎水泥柱，完全出乎她的意料之外。力量變強當然是很好，但這下子他的危險性就又提升了不少。

「真是……好奇特的影子呀，竟然是手臂的形狀。」

「要後悔已經來不及了！」

彥丞向前衝出，瞬間欺近揮出一記勾拳。

宗介斜身閃避，以手中的竹傘敲打彥丞側腹進行孱弱的反擊。

「你在開什麼玩笑！」彥丞大吼，旋身一腳踢在宗介橫在胸前的竹傘上頭。傘身碎裂，宗介藉著踢擊的力量退到子圉附近。

「哎呀哎呀，在下可是相當中意這把傘的……」他看了看手中支離破碎的傘，又望向翁子圉，開口說道：「不知道能否將那柄木刀借予在下一用。」

翁子圉原本不想再理會他，不過狗兒闖禍弄斷人家的傘，身為主人也應該負起相當的責任才行。反手丟出木刀，在半空中迴旋一圈半之後落入宗介手中。

「由衷感謝。」

雙手從底端握舉，間隔約一拳的距離，刀柄扛至臉側平行擺出「八相」之姿。相較於一般常見的劍道上中段型，在攻擊面與上段架式相去不遠，同樣是注重攻擊，捨棄守備並藉著舉劍的氣勢威攝對手。

與主動出擊的上段姿不同，「八相」乃是較為被動反擊的架式。

「既然您沒有使出能力與在下對打，那麼在下只用木刀應該不會太過失禮吧。」

「老子是怕你連我的一拳也撐不住啦！」

「喔？那就不用客氣，在下這邊也……」上半身維持不動，下半身卻以難以置信的步伐突進，瞬間進逼將彥丞納入木刀的攻擊範圍之內。刀尖如同閃電落下，擊在彥丞手臂之上。遭狼喙噬咬的傷痕還纏繞在上頭。宗介沒有停止攻勢，而是在高速揮舉之間保持著與彥丞之間的距離，雖然沒露出任何空隙，但是也僅止於試探對手的實力。

李彥丞數次避開木刀趁勢進逼，揮出的拳頭卻屢屢打在刀柄上頭，在防守同時宗介也揮下木刃做出反擊。兩人在昏暗的環境下進行攻防，沒有任何一方使出影子。但在動作漸劇之後，入來院揮刀的次數很明顯地減少許多，他降低重心，攻擊姿態轉變為防守，近乎半透明的肌膚在連續運動之後變成淡淡的粉紅色，眼瞳充血灼灼發光。

準備蓄勢刺出那致命的一劍。

「小心——！」

看穿宗介意圖的子團忍不住喊出聲音。

就算是不使出影子的戰鬥，宗介所擊出的突刺也是能輕鬆讓人負傷的技巧，以堅硬木刀所使出的突刺在高手的手中更是與真刀無異能取人性命的殺招。

宗介跨出步法，精準地將身體曳出，刀尖直取彥丞的咽喉。

避不開！

兩道黑影由左右包圍刀身，雙掌握合夾住木刃，但還是無法完全止住刺擊，直到露出的刀尖輕輕抵在彥丞喉頭前方才靜止下來，而宗介所刺出的距離也已經是極限。

致命的殺招仍是試探。

「就到此為止吧，在下已經無法繼續比試下去了。」宗介鬆下力氣，手腕還沒放開劍柄，但是原先的氣勢已經不在。他收回一隻手，捂著額頭隱隱喘息，頰上泛起如同女性潮紅般的紅暈。

「你這傢伙是在耍老子嗎？」彥丞收緊影手將檀木刀甩向路旁，傳回空洞的聲響。臉上的表情變得猙獰，手臂肌肉劇烈繃緊。

「在下絕非有意就此結束比試，只是……身體狀況實在不允許，在下真的有點累了。」入來院走過彥丞身旁，撿回落在地上的木刀，珍惜地用雙手交捧還給它真正的主人。

「真是一把相當出色的木刀。工藝雖然普通，但重心和選材皆屬上乘之物。」

子圉冷淡接過屬於她的木刀。

「為了公平起見，在下也稍稍展露能力，如果日後還有相遇決鬥的機會，在下定會全力以赴。」宗介從腰間作出提刀的動作，右手微握，一把日本刀憑空出現在宗介手中。緋紅刀鞘自地面延伸，通過華潤的暗銅色刀鍔，而握持在掌中的刀柄纏繞著白色柄卷。

「這是在下的能力，其名『破形』。」抽出刀刃，筆直的刃紋蘊著寒光，完全離鞘時刀刃在空氣中共鳴震盪，發出穩定而溫和的殘響。

「如同其名所示，它有著能夠切斷所有世俗之物的力量，受此刃斬擊者，破其形之。這就是我現在的能力，破形。」

刃光一閃，路旁的燈柱順著「破形」斬過的軌跡，燈泡閃爍數次之後緩緩斜下倒落在地。

「哦？真有意思，你是說那把刀連我的影手也能斬斷嗎？」彥丞望著刀刃問道。

「很可惜，對於影子來說，這把刀和普通的日本刀並無區別。」宗介舞動「破形」，以流利的動作將其收回鞘中。

「那麼，在下也該告辭了。」

「給老子慢著！誰——准你離開了？」

「啊，真是感激您的提醒！」宗介反身，走近後從懷裡拿出一張照片出示在兩人面前。雖然在昏暗的環境中，無法完全看清細節，但還是能看出是個穿著雅致和服裝扮的女孩子全身照，像個日本人形般嫻靜地直立在相片上頭。

「請問兩位有在這附近看過這位女性嗎？」

子圉湊過來看了照片一眼，然後視線與彥丞交錯。

「沒看過。」兩人異口同聲。

「原來如此，感謝兩位的幫助，在下告退。」宗介收回照片，轉身離去。

「……這傢伙到底是怎麼回事？」李彥丞呆愣著看著入來院宗介從容離開，完全忘了自己剛才與此人之間激烈的短暫搏鬥。

「別說了，快點給我上車。因為你們兩個的關係把附近的公物都破壞光了還不夠嗎？難不成要等警察來替你作筆錄嗎？」翁子圉忘了望四周倒塌的電線桿和路燈，還有發出奇怪噪音的變電裝置。

「警察那些傢伙算什麼！他可是……哎喲！別扯耳朵啊！」

翁子圉擰著耳朵將李彥丞拖到機車旁，將安全帽按到他頭上，隨後跨上機車發動引擎。

ch6.

凝聚的凝滯

「對不起。」

「為什麼突然向我道歉呢？」

「……咦？」

下課後的通學路上，我瞪著褅明的背影，從喉嚨裡發出不解的聲音。

「我說，你幹嘛突然向我道歉。」

「因為……那個嘛，昨天我提的那件事。」

「噢。」

「所以說很抱歉，昨天是我說話不經大腦太衝動了。」

「不對。」她轉過來，在同樣的路線上，臉上的表情再度被身後的夕日光輝眩蓋。我露出不解的表情，聽不懂她所說的不對究竟指的是什麼。

「守人你說的話才是正確的，是正論。害怕面對爸媽是我的錯誤，而你很正確地指出我的錯誤，有錯的人是我才對。所以你不需要道歉啊。」

「可是昨天妳……不是哭了嗎？」

「才沒有呢……至少在進房間之前沒哭出來……」

「呃……」結果還是哭了嘛。

「對不起。」

「我不是說了，你用不著向我道歉嗎？」

褅明的口吻突然有些改變，既不是五年前小學時候開朗的樣子，也不是我們再度重逢時那個冷漠的樣子，當然也不是這一兩個月來表現出的樣子。我不太會形容那種微妙的變化，如果說，小明她沒有遭遇到那場變故，而是在雙親的養育之下成長的話，或許就會維持著現在瞬間的模樣長大也說不定。

「又怎麼了？」

「沒、沒什麼。所以妳決定去見……」我吞了吞口水，把乾硬的話語稍微潤濕之後才說出來：「去見妳爸媽了嗎？」

「嗯……或許吧。」

「或許？」

「玄罌哥先前有問我，要不要邀請爸媽他們來家晚上的茶會，可是我拒絕了。我很想見他們一面，可是我怕自己又嚇到他們。」

「才沒那回事。妳不是已經恢復得很好了嗎？」

「是這樣嗎。」她有些憂鬱地笑起來。

「絕對沒問題的。」

「其實啊……雖然之前露出過手臂給你看，不過每次一到滿月之夜，強制變身還是免不了的，儘管已經能夠控制意識不要散掉，但是我還是很怕在別人面前維持那個姿態。所以我會繼續努力的，讓自己不管在什麼情況下都能控制自己。」她做了一次深呼吸。「到時候，我想我就有勇氣面對他們了吧。」

聽完她說的話，我的愧疚感又變得更深了一點。

「只要我繼續練習，那一天很快就會到來了吧。」

「嗯。」我點點頭，心裡想著應該說些什麼鼓勵她的話吧，但卻說不出口。什麼要加油喔我會永遠支持妳的之類太過於肉麻兮兮本來就不像我會說的話，但是憑我辭彙貧乏的腦袋也想不出其他更適合用在這個場面的話了。

「所以在這之前，守人你可以不要再提起那件事了嗎？」

「我……我知道了。」

「如果你下次再不小心提起的話……」她只露出三分之二的瞳仁，不懷好意地盯著我，然後右手突然揚起獸的黑影。「我會用牠來好好教育你。」

「妳……也不用在光天化日下使出來嘛。」我有些慌張地向四周望了望，確認沒有其他人在之後才鬆了口氣。

「緊張什麼，反正只有使者看得見，更何況附近也沒人。」她收起覆蓋在手臂上的影子，十分刻意地說。

「看來……妳已經能收放自如了嘛。」

「沒有那麼誇張。總覺得我和牠之間只是處在一種不對等的平衡狀態。」

「不對等的平衡狀態？」這用詞未免太玄了點。

「就像傾斜的蹺蹺板那樣子。兩邊的重量不同，但是因為擺放的位置不同所以能夠達成暫時的平衡。」

「也就是說，槓桿兩側的長度不對。」

「你要這麼說沒錯。」她瞄了我一眼。「說實在那個樣子也很不方便。」

「嗯，妳是說拿筷子的時候嗎？」

她嘆了口氣。

「為什麼你在別人面前就不能像這個樣子開玩笑呢。」

「妳突然這麼說我也不知道該怎麼回答妳，我已經習慣這個樣子了啊。」

「現在小韻覺得你比我還難交往呢。」

「是這樣嗎？對了，小韻是誰啊？」

「詹秋韻，是班長啊！好歹也要記住班長的名字吧。」

「原來是她啊。」我裝作不在意的搔搔頭。「我記得她啊，只是妳突然小韻小韻的喊一時沒轉過來。」

「真是的，你怎麼會和楊冀那樣開朗的人交上朋友呢？」

「楊冀他啊，與其說是我和他交上朋友，不如說是他自己跑來向我搭訕的。一年級的時候剛好坐在他的隔壁，不知不覺跟他聊起來後來就變成朋友。不過他那個人交遊廣闊，無論對誰都一視同仁，相較之下才會覺得我跟他特別要好。我只能說是運氣好吧。」

「嘿——原來是這樣啊。」她嘟起嘴，沉默了一陣子又開口：「你姑姑她……晚上會過來嗎？」

「唔……我向她提過這件事，她似乎有其他工作，不過她說時間許可的話會過來接我順便待一下子。」

「你姑姑她真是個很漂亮的人呢，我以前好像對她沒什麼印象。」

「那時候她才在念高中吧，當時好像就住在這附近，後來又跑到英國去留學直到我升高中的時候才回來。」說到這裡，我又想起那現在不知身在何處的父親。雖然生活費和學費都給得十分優渥，但作為父親是個拿零分的王八蛋。

「感覺是個很帥氣的大姊姊。」

「很……很帥氣嗎？」請給我個溫柔婉約的姑姑，帥氣這種要素根本就不需要！

「而且她能到國外留學，頭腦應該也不錯吧。總覺得有種大人的魅力呢。」

「英文倒是不錯啦，頭腦我就不清楚。」至於大人這方面不予置評。

「你已經跟她住了一整年囉？」

「是呀。」

小明欲言又止，最後還是沒開口，把雙手連著書包一起高舉過頭伸了個懶腰。繞過轉角之後就能看見趙玄嚳的店，內部的燈光照在前庭的植栽上，形成豐富的光影。店外的黑板寫著私人茶會暫不營業，我們推開那道由玻璃和木料嵌接而成的嶄新大門，進入月樓。門上掛著的搖鈴響了兩聲之後被隔絕在門外，吧檯的位置沒有人。

「我回來了。」小明朝著店裡喊道。

「噢噢——！是小明和小人！」茉妮卡從廚房的拉門後探出頭來嘻嘻笑著，身上還是穿著女僕制服。

「……」

「小人你怎麼不理我呀。」茉妮卡說。

「……妳是故意的嗎？」

「欸？為什麼這麼說？」

褅明偏過頭去，嘴角微微上揚。

「好啦好啦不鬧你了。」茉妮卡說。

真的是故意的喔！

趙玄罌端著烤過的雞肉和造型精緻的餅乾從茉妮卡身後走出來，眼神不知道為什麼流露些許疲憊，我猜大概是才剛重新開幕有些忙不過來？

「你們兩個快進來吧。」趙玄罌朝我們眨了眨眼，然後茉妮卡拉著我們進到用餐區。因為之前總是在整修狀態，我還沒仔細看過內部的新裝潢，老舊的深色木地板已經全部拆除更換成閃閃發光的新式鋪地，原本踩在上頭會發出的些許吱軋聲和陷沒感已經完全消失不見。桌椅全部換成新的設計風格，跟先前比起來整體變得更加有一致性，但那股古老的味道卻喪失了一些。

牆壁全部重新粉刷貼上壁紙，落地窗有如不存在般，跟戶外的界線變得模糊起來。方形的桌子整齊排列在中央，上面已經擺著不少茶點，中間還放了花飾，搞得有模有樣的。

「還需要人手嗎？我可以幫忙噢。」小明放下書包，快速地紮起頭髮。

「不用了，你們去廚房洗手吧。等到懷澈他們過來就可以先開始了。」趙玄罌腰際纏著潔白的圍裙，兩手在上頭抹了抹，害我不由得直瞪著他的左手瞧。看起來是很正常的左手手掌，和一般的手掌沒什麼不同，手指細長，指甲也很漂亮。

不知道影子具現出的指甲還會不會自己變長。

趙玄罌注意到我的視線，相當自然地隱藏左手掌。在小明面前，他似乎已經習慣這個樣子，巧妙地讓人別將注意力落在左手上頭同時維持優雅的工作姿態。

小明和茱妮卡一起走進廚房，找了地方安放書包之後我尾隨而入，裡面已經整理得差不多，巨大的餐桌上擺放著一些還沒處理擺盤的餐點，流理臺中泡著水的不鏽鋼廚具堆疊整齊，空氣中還瀰漫著甜膩的奶油香氣。

我看看周圍，這間廚房倒是完全沒遭受破壞，一點也沒變。

「別老是站著，先找個位置坐下來等，今天你可是客人唷。」趙玄罌笑著說。

我點點頭，走到排好的桌椅旁拉了張椅子坐下。

「茱妮卡，妳也快去把衣服換下來啊。」他又對廚房內的茱妮卡說。

「咦？我不能穿著這套衣服嗎？」

「也不是不行啦，只是有點那個……」趙玄罌苦笑：「讓妳幫忙已經很不好意思了，總不能老是讓妳穿著店裡的制服。」

「可是真的很漂亮嘛。」茱妮卡離開廚房，指尖撩起裙襬，露出纖細的小腿。「小人你覺得怎麼樣呢？」

「不要叫我小人啦！」我抗議。

「哈哈哈哈哈。」她輕快地轉身，走到桌旁順手拿起一塊甜餅喜孜孜地小口咬著。

「竟然有會光明正大偷吃的女僕！」

「又沒人規定穿著女僕裝的就是女僕。」她斟了杯茶，接著安靜無聲地在我面前放下。「表情別那麼嚴肅嘛，放輕鬆放輕鬆。」

「我看全場最輕鬆的就是妳吧。」

「剛剛我才經歷了一場大災難呢！」

「……什麼災難說來聽聽啊。」

「才不要！哼！」茱妮卡雙手交叉抱胸，這角色印象不太對吧？

和茱妮卡又鬥了一會兒嘴，外頭又陸續傳來人聲。劉醫師帶著診所裡的護士們全都上門前來光臨，月樓內頓時變得花團錦簇，茱妮卡和小明似乎都跟護士們很熟的樣子，一群人有說有笑的好不熱鬧。劉懷澈醫生看見我的時候對我瞇細眼睛，像是在觀察我的身體似的盯了半天才滿意地轉開視線。

原來開後宮的感覺也沒什麼嘛。仔細一看劉醫師麾下的護士們長得都很不錯，某方面來說根本是月樓的翻版。我左手撐著下巴，將一塊雞肉放進盤子裡。

過沒多久，高亢的引擎聲出現在不遠處，正快速地朝著此地靠近似的音量漸重，我沿著落地窗的方向投出視線，看見一輛黑色的摩托車挾著爆音飛快地在樹叢外閃現，隨後在不遠處停下，鼕鼕發出的沉重低鳴震動玻璃。

隨後大門被用力推開。

李彥丞身上穿著校服，身後跟著穿著全黑騎士衣，手臂夾著全罩式安全帽的的翁子囷。明明穿著打扮完全不搭嘎，兩人走在一起卻完全沒有突兀感。

氣氛破壞者。

場內頓時安靜下來，所有人的目光都落在兩人身上，但是看見李彥丞那兇神惡煞般的面孔之後又紛紛轉了回去。他好像剛剛吃過炸藥似的，表情比平常還兇惡數倍，眉頭揪成一團臉頰緊繃，一眼看去還以為是暴力討債專員。

「嘖，你小子也在這啊？」他瞪了我一眼，口氣不佳。

「不行嗎？」我沒好氣地回嘴，心裡想著這兩人是來幹嘛的。

「啊，你們兩位來得正好，順便來喝杯茶吧。」趙玄罌步出廚房關上拉門，看見兩人之後立刻迎了過來。

「你應該不是特意請我們來喝茶的吧。」翁子囷順了順那頭長髮，心不在焉地說。

「是的，不過在談正事前稍微坐下來接受我的招待也不錯你說是嗎？畢竟之前讓你們幫了不少忙，也算我個人的一番心意。」

「那老子就不客氣啦。」李彥丞言出必行，大剌剌地走向擺滿餐點的桌席，在我身旁的座位坐下之後像頭猛獸般狂掃。

幹嘛坐在我旁邊啊！

褅明換下制服，穿著黃綠相間的圓點圖樣上衣和長度到腳踝處的牛仔褲，安靜地從樓上下來。當她看見李彥丞的時候表情很明顯的黯淡下來，然後滿臉陰鬱地走到他的對面坐下，用充滿著警戒的眼神直視著李彥丞。

「什麼啊，原來妳這不怕死的兇婆娘也在啊？」李彥丞舔舔嘴角，不懷好意地嗆道。

「我才想問你這白目怎麼會出現在這裡呢。」

「媽的，有種妳再……」李彥丞剛站起身來準備發作，右側太陽穴立刻遭到黑色球體直接命中，翁子園接住反彈在空中的安全帽，狠狠地壓住李彥丞的肩膀將他按在椅子上，接著好像什麼事都沒發生似的坐到他左邊的位置，靈巧地交疊雙腳。

李彥丞按著受創的頭部側面，肩膀抽搐了幾下之後才咬著他那潔白的牙齒，煞氣十足地瞪著小明，而小明也股起氣勢回瞪，空氣中都要燃起焰火似的產生熱度。

只有茉妮卡完全不受這詭譎氣氛影響，捧著看起來相當貴重的陶瓷茶壺穿梭在眾人之間添茶倒水。

「謝謝。」翁子園打破僵局，對替她斟茶的茉妮卡展露笑容。

「為什麼大家都安靜下來啦？好樣有點怪怪的耶。」

「大概是因為我們不太受歡迎吧。」翁子園若無其事地說。

「是這樣嗎？」茉妮卡捧著茶壺，滿臉疑惑地看著眾人。

「大家別把氣氛搞得這麼僵嘛。」趙玄罌輕拍了兩次掌心，企圖重新讓氣氛熱絡起來，好不容易周圍才又重新響起談話聲。

小明和李彥丞各自哼了一聲，轉移視線。

「對了守人，你姑姑她會過來光臨嗎？」趙玄罌對我問道。

「她說忙完工作會順道過來接我，可能只待一下子吧。」

「嗯……」

他的聲音聽起來有點失落。

「沒辦法……」我聽見他小聲地說，語氣中的遺憾瞬間消失，隨後又換上一貫的接待用笑容。

我就在這略帶尷尬的氣氛中，看著李彥丞在我身旁大吃大喝。

天色很快就完全暗下來，我看見劉醫師坐在吧檯旁和玄罌哥說話，我依稀記得玄罌哥提過他們倆和鍾遠川是大學同學，也就是說彼此大約有著接近十年的交情，加上他們三人全都是影子使者，總覺得他們的過去很令人好奇。小明進入宵影也已經三年左右，會知道一些有趣的祕密也說不定？

不過好像也與我無關就是。

我胡思亂想，把殘留在盤子裡所剩無幾的食物塞進嘴裡，很好吃。這麼說來小明帶來的便當好像也是玄罌哥做的，這個人真厲害啊，確實有一套。

我盡量避免和身旁的李彥丞接觸，偏過身體，視線望向窗外，偶爾偷看一下小明的反應，餐桌好像暫時休戰的國境邊界似的緊繃著。真受不了。

不久之後，劉醫生結束和趙玄罌的談話，帶著那群護士們離開店裡，音量驟然下降。我抬頭看了時鐘一眼，指針已經靠近七點。桌面的彈藥已經消耗殆盡，不過總覺得有點食不下嚥。李彥丞結束進食，和禘明好像在玩瞪眼遊戲似的始終沒有鬆懈下來。

翁子園不動聲色，靜悄悄地喝著茶。茉妮卡好像很喜歡這位酷酷的女生似的坐在她對面，兩手托腮笑得十分燦爛。

車頭燈的光線穿透樹影，我很快就認出 Roadster 的引擎聲，細緻而且沉穩。光線暗下，車門關閉的聲音透過落地窗傳過來，然後門上的掛鈴響起。

暮綾姊踩著高跟鞋，穿著成套而且合身的女用西裝。打扮得比平常還要正式許多一副精明幹練的職場女性樣貌，化妝也十分仔細。

「欸——還不錯的店嘛，我以前竟然都沒注意到附近竟然有這樣子的喫茶館。」暮綾姊望望周遭的陳設裝潢，發揮出專業精神仔細打量著。

「歡迎光臨，王暮綾小姐。」趙玄罌迎上前，異常誠懇地說。

「嗯。」暮綾姊輕描淡寫地應道，審視在場的人一圈之後目光落在我身上。「咦？我有向你提過我的名字嗎？」她沒多看趙玄罌的臉，喀答喀答地踩著地板朝我走過來。

「我是聽茉妮卡小姐說的。」

「噢……原來茉妮卡之前就是在你這兒打工呀？」

「對啊。」茉妮卡接上話，相當熟練地為她倒了杯茶。

跟店裡的人類比起來，暮綾姊顯然對月樓裡的裝潢設計比較有興趣，眼睛滑溜溜地轉動著。

「你的青梅竹馬是哪一位啊？」她啜著紅茶，視線在小明和翁子園的身上游移，問出的問題直接到讓我錯愕了一下。

「怎……怎麼看都是她吧。」

我將手伸往小明的方向。

「妳妳妳好，我叫季褅明！」小明的臉扭了一下，因為剛才和李彥丞互瞪太久的關係表情瞬間變得有點好笑，她紅著臉朝著暮綾姊點了點頭。

「嘿——長得很漂亮嘛，」暮綾姊湊近小明仔細觀察，「配你這小子真是太可惜了。」然後嘴角上揚，聳聳肩擺出嘲弄的嘴臉挖苦我。

「少、少囉唆啦。」

「真沒禮貌，竟然叫我少囉唆。」她把注意力轉到我身旁的兩人組合，「那，這兩位難道是你的同學?啊，原來是守人的學長啊。」

李彥丞的表情突然變得很怪異。好像正在承受什麼極大的痛苦似地忍耐著。

「對啦……是學長沒錯、嗚！」

總覺得語尾的那個嗚聲很叫人在意。

「守人這小子在學校很孤僻吧?還請你們多照顧他啊。」

「我知道……我會好好照顧、嗚……他的。」李彥丞臉揪成一團，怪模怪樣地說。

翁子園若無其事地嚼著餅乾。

暮綾姊衝著兩人笑了笑，喝完杯子裡的紅茶。

「那麼，我們該回家了嗎?」她對我說。

ch7.

探知的決意

「開始報告吧。」

「那就從我實地調查的部分開始講起。三起事件地點我都去檢查過了，前兩處都已經開始整修所以沒能進去搜索，我想現場痕跡也已經幾乎消失不見了，只有市立醫院因為當地政府還沒有開始修建，而且也沒人看守。血液和唾液樣本就是在這裡得手的。」

藍斯．杜因翻開記錄用的手帳，對著浴室內，毛玻璃對側的少女開始逐一條列式敘述。

「嚐過了？」

「……還沒。」

「什麼時候？」

「至少先讓我說完吧。」

「嗯，接下去。」

「咳，拿到血液樣本之後……下午四點五十分左右離開醫院。我在雜誌上找到一張照片，是個機車騎士載著三個人從火場逃離的圖像，因為解析度不夠，而且頭上戴著安全帽沒辦法看清楚面孔。」

「所以呢？」

「後座的乘客身上穿著制服，我就去了那所學校一趟。」

「有什麼發現？」

「嗯……我找到疑似那個女騎士和後座的少年，而且兩個人都是影子使者。」

「都是影子使者。」

「是的，雖然跟照片上的車子款式不同，但是我想應該就是他們兩人。」

「照片。」撫子拉開門縫，纖細的手從中間穿過。

藍斯忍住衝動，將複印出來的照片交至女孩手中。

「他們在你面前使用能力了？」

「是的。」

「為什麼？」

「隔了些距離，我不太清楚到底發生了什麼事，周圍又太暗，只知道有個穿著像古代人的傢伙接近那個女騎士，那位少年出來之後兩個人似乎展開了戰鬥。」

「說細節。」

「他們一開始就把路燈破壞了，我沒辦法完全看清楚，那個少年的能力似乎是手。有只巨大的手臂從他的腳底冒出來，看起來很輕鬆地就將電線桿弄斷。」

少女推開拉門，身上只穿著單薄的潔白浴袍，長髮濕漉漉地披在身後，像是昂貴的黑色絲綢般反射著濕潤的光澤。

「繼續說。」撫子胸前毫無遮掩，露出大片潔白肌膚，面無表情地走出浴室。

「拿條浴巾過來。」她吩咐道。

藍斯咬了咬牙，動手打開旁邊的備品櫃拿出乾淨柔軟的浴巾。

撫子移動到窗邊的圓桌，坐下之後將頭髮抽離椅背，濡濕的頭髮在地毯上滴落幾顆水珠，很快地被地毯吸收消失，只留下淡色的痕跡。

「把頭髮擦乾，別用Doll。」她開口。

「……知道了。」藍斯蹲下來，在一片黑暗中仔細地用浴巾包覆擦拭撫子的頭髮，吸收水分之後再用預先準備好的梳子順過。

「不是要你繼續說嗎？」

「總之，」他嘆了口氣：「那場戰鬥並沒有持續太久，轉眼間就結束了。那個打扮奇怪的人先走掉，然後那兩人隨後也騎著摩托車離開。」

「等等，所以你說的那個打扮奇怪的人也是影子使者？」

「我不是很確定……」

「真沒用。」

這句話實在有點讓藍斯沒辦法接受，不過他選擇忍氣吞聲。

「你有跟上去嗎？」

「他們騎著重型機車……所以……」

「我是不是花太多錢僱用你了。」

「……」

「那個怪人呢？你總有看清楚他的樣子吧。」

「嗯，這倒是有。」

藍斯清了清喉嚨，繼續說。

「他上半身穿著像是和服的衣物，還穿著皮製長筒靴，手上拿著一只紅色紙傘。因為臉被傘遮住了所以看不清楚相貌，不過皮膚白得很可怕……」

藍斯注意到撫子的反應好像不太對。

「怎、怎麼了嗎？」

撫子似乎在發抖。

小巧的手掌掐住肩，修剪整齊的指甲前端陷入白淨的肌膚內，壓出紅暈。

「哥哥……？」

藍斯皺起眉頭，不知道是否該繼續說。

自從清川那個老頭離開之後，伺候這位入來院家大小姐的任務就落到了他身上，對藍斯來說根本就是一種心理和生理上的雙重折磨。入來院撫子在他面前向來是頤指氣使，神氣得要命，每次他都得耗盡心力壓下自己的獸性才能忍住不讓自己惹上殺身之禍。

今天這個樣子，還是頭一遭。

「我說錯什麼了嗎？」他停下手邊的作業，猶豫地問。

「別慢吞吞的！擦乾了就快把那些東西給我吃下去！」少女語氣有點激動：「得……得快點找到茉妮卡才行……要是讓哥哥先找到她的話就糟了……」

「妳認識那個人？」

「你最好給我動作快點，要是找不到人乾脆去死一死算了！」

藍斯・杜因很火大，超級火大，這個小丫頭根本是在逼自己動手。

「妳他媽大小姐脾氣發夠了沒啊？老子是來找人，不是讓妳當僕人罵的！」他甩開手中的毛巾，吼道。

走了整天的路回來還要被小女孩教訓，他覺得自己受夠了。

一陣寒意出現在他的喉間。

鎖鏈包圍住他們，而少女的手中不知何時多了一柄日本刀。

刀身烏黑地從黑暗中延伸而出，好像失去應有的輪廓般連接到少女的手掌，植物般纖細的手指纏繞著刀柄。

只消輕輕一動，刀刃就能割破他的頸動脈。

「你又想亂來？」

他兩手高舉，退後了一步，擺出投降的姿態。

「我沒那個意思。」他說。

少女緩慢地收回刀刃，喉頭甫湧的麻痺感頓時消去許多。

撫子起身離開座椅，滑順的髮絲在黑暗中飄散，少女將刀身刺入鎖鏈形成的荊棘叢林中。

藍斯隱約看見鎖鏈纏繞著刀身，化成黑色的鞘，帶著那把日本刀沒入陰影之中。

「馬上用你的能力把線索找出來。」撫子命令。

他重重地呼吸，站著不動過了五分鐘左右才離開撫子的房間。用房卡刷過電梯內的感應器，降到最底層之後離開華美大廳走回自己的旅館，途中在路旁買了個便當。為了向這小丫頭回報，他到現在都沒吃飯。

他打開房門，鬆開領帶，打開空調，解開便當盒上的橡皮圈。

胡椒和油的氣味撲鼻而來。

他笨拙地用筷子把飯菜給塞進嘴裡，菜很鹹，那片炸過的大塊豬肉也很鹹，他喝了好幾杯水才勉強填飽肚子。

用塑膠袋將裝著剩菜湯的便當盒束起，發洩式地將垃圾投出窗外。踹了兩下沙發，皮鞋在上頭留下黑色的痕跡，他咒罵了兩聲。

Fuck！Fuck！

直到他發現自己差點把電視給砸了才冷靜下來。

他把被自己踢翻的沙發重新擺好，外套像塊破布般丟置在床上。他打開冰箱，檢查裡面的飲料，有兩瓶鋁罐裝可樂，兩瓶廉價咖啡，還有兩瓶礦泉水。

拿出可樂，他將包有風乾血液碎屑和嘔吐物的紙張拿出來攤開，愣愣地看著它們。

他將兩者倒在一起，用瑞士刀仔細剁碎，把明顯是髒東西的塊狀物挑掉，然後嘶了嘶口水。

打開可樂喝了一大口，他將那堆灰塵倒進去，一口氣全部喝掉。

碳酸氣體直衝腦門。

另一瓶可樂也一起喝光之後，他癱在沙發上看著電視。

畫面上頭不知道為什麼正在撥放昆汀卡倫提諾的電影。拿著武士刀，一頭金髮的烏瑪舒曼豪邁地砍著一堆顯然是犧牲者的日本黑道。他坐在那裡瞪著螢幕一動也不動，直到烏瑪舒曼宰掉名叫蔻蔻拿著鎖鏈流星錘的女高中生，掀了飾演日本女人的華裔女演員的頭皮之後，他心中突然感到一絲慰藉。

他決定去睡覺。

連鞋子也沒脫，他跳上床，在枕頭上翻來覆去卻怎麼也睡不好。

藍斯起身離開柔軟的床鋪，走到浴室盯著浴缸，良久。

他將全身的衣物脫得只剩下內褲，走到床邊把床單和棉被拖進浴室全部鋪到浴缸裡頭，然後走回去拿了枕頭，再度返回浴室之後，抱著枕頭窩進浴缸，倒頭呼呼大睡。

在睡夢中，他隱約看見那個男孩殘留在記憶殘片裡的的面容。

ch8.

傭兵與傭金

「所以，你找我們到底有什麼事呢？」翁子圉向後靠著椅背，看著眼前的一對男女。

茶會結束，季裲明幫忙清理完畢不安地上樓之後，趙玄罌就著排列整齊的桌子在他們對面坐下，茉妮卡・雪菲爾亦陪同在側，滿臉歡欣地吃吃笑著。

「是這樣的，自從上次的戰鬥之後，因為人力拮据的關係，宵影暫時沒有辦法調出支援來協助我。」

「所以？」

「我想暫時僱用兩位一段時間。」

翁子圉和李彥丞互看一眼，兩人都沒有回話。

趙玄罌觀察兩人的反應，他猜想或許翁子圉早就預料到他會說出這種提議，只是不動聲色，而李彥丞則是露出很明顯的不屑。說實在話，如果可以他也不太想和李彥丞糾纏得太深，李彥丞太過不安定，雖然有翁子圉在旁邊箝制他，趙玄罌還是不太放心。

「這算是委託？」沉默了半晌，翁子圉問道。

「正確的說，應該是合作才對。不是僱傭關係而是合作夥伴，當然，該給的費用絕對不會少給。宵影雖然算不上是大集團，給的報酬還是挺優渥的。」

「你覺得呢？」翁子圉朝彥丞問道。

「是要我和其他人幹架的意思？」

「嗯，對你來說就是這種理解法吧。」翁子圉點點頭說：「不過，既然是夥伴，也就是說不是非得聽你的命令沒錯吧。」子圉轉過來正對著趙玄罌。

「是的，如妳所知，我只是這個區域內的監視者，實際上並不負責戰鬥，而是提供情報讓其他使者在相對安全的情況下去執行任務。而現在能夠戰鬥的人已經沒有了，就算有茱妮卡小姐的協助，也無法繼續保護這座城市。」

「那兩個人，他們不幫忙嗎？」

「你是指守人和褅明？可能的話，我想盡量讓他們不要捲入，至少……在他們能夠完全掌控自己的能力之前，我想好好保護他們。」

「說的也是，他們兩個不像我和這傢伙一樣。」子囷哼笑一聲。

趙玄嚳露出苦笑。

「不過，關於王守人，有另一件事想拜託兩位。」

「嗯？」

「我想請兩位……教他怎麼戰鬥。」

「哈哈哈哈哈哈……」李彥丞愣了一下，然後開口哈哈大笑，直到左側顏面遭到毫不留情的打擊之後才稍微抑止下來。

「你不是在開玩笑？」子囷問。

「當然不是，雖然那次他能夠擊退因摩陀，不過也是有部分僥倖成分存在。對於影子使者之間的戰鬥他還不是那麼熟悉，簡單來說，就是經驗的問題。」

「經驗問題……呢。」翁子囷略感認同。

「這個部分也會有相對的酬勞，如果可以的話……希望你們可以好好指導他。」

「那就要看那他的態度了，是他自己提出的？」

「是的，他請我替他找合適的人，原本我的朋友是相當適任的人選，但是他有其他的事情要解決，暫時不在這個地方。所以……」

「所以，逼不得已才只好找我們。」

「也、也沒有到逼不得已的地步啦。只是考量各種情況之後，你們兩位可以說是最佳人選。」

「最佳人選？」子圉微微勾起嘴角，心裡思考著身旁的莽夫教起人來會變成什麼樣子。老實說，她覺得還挺有趣的。

「好吧。」聽見子圉應允，趙玄嚣和茉妮卡忍不住相視而笑。

「不過話說在前頭，我和他都不會武術。」

「咦？」趙玄嚣有點錯愕。

「這傢伙只懂得用拳頭打人而已，其他的事一概不管。」

「用腳踢我也懂啊。」李彥丞抗議。

「你少插嘴！」狠瞪彥丞一眼之後，翁子圉很快轉移話題。「總之就這麼說定了。接著就來談細節吧，你突然打電話給我急著找我們過來，應該是有什麼需要解決的事件？」

「……你們應該知道最近在市內發生的連續殺人案？」

子圉點點頭，李彥丞則是一臉茫然。

「我記得已經他已經殺死七個人了吧，而且全是女人。」翁子圉說。

「今天早報又添了一筆，第八起，而且就發生在這附近。」

「已經確認是使者了？」

「雖然還不能百分之百肯定，但是就結果來說沒什麼差別。」

「能力呢？」

「根據我的推測，應該是霧。」

「推測？」翁子園皺起眉。「如果是你的眼睛，不是能夠多少捕捉到一些影像嗎？」

「很遺憾，如同我剛才所說，每次犯案的時間和地點，全都籠罩在相當濃密的霧氣中。因此，我的能力沒辦法發揮太大作用，頂多只能確認霧擴張的範圍。」

「既然如此，你想怎麼作？」

「這就是我想找你們合作的原因。」趙玄嚳停頓一下，繼續說道：「我具有偵察能力，而茱妮卡小姐則具有心電感應的力量，加上你們的機動力和戰鬥力，要阻止這個傢伙應當不算難事。」

「這金髮不良女會心電感應？」李彥丞此話一出，全場的人都盯著他直瞧。

翁子園斜睨他一眼，語氣中帶著好奇，問道：「可以對我們試試看嗎？」

「可以唷！」茱妮卡微笑，接著瞇起眼睛。

——大概就像這個樣子吧。

茱妮卡的聲音在兩人耳際響起，但是她的嘴唇卻動也沒動，鼓膜沒有感受任何震盪，聲音卻像是在直接在腦海中迴蕩似的擺脫不掉，茱妮卡的喜悅情緒同時也傳遞到他們的腦中，對應著茉妮卡的微笑，聲音也持續響著。

「妳給我閉嘴！」李彥丞開始沉不住氣，忿忿的說。

——對……對不起。

茉妮卡明明捂著唇，道歉的話語依然響起。

她的能力應該沒那麼單純。翁子囷沉思了一會，很快就認知到這個事實。她揚起睫毛，注視面前的金髮少女，茉妮卡慌張地避開她的目光，眨著翠綠眼睛身體尷尬地左右搖晃。

看到她這個模樣，翁子囷心中更是確信。

不單是能夠傳遞訊息給別人，同時也能夠接收別人正在思考的事情嗎？

算了，沒什麼好追究的。

就當是賺外快吧。

趙玄罌拿來全市地圖，上面已經用紅色鉛筆標記了八起事件的發生時間和地點，一眼看去並沒有什麼規律，有兩三起事件彼此距離較近，圍成了小區域，然後平均地分布在各處。最近的紅圈確實就在月樓附近。

「照這張圖所標示的，看起來犯人至少還會在附近犯下一兩起案件，理想狀況是盡量把握這次機會一舉將他捉住。」趙玄罌將圖上的幾個交叉分別圈起，然後據此推估，在距離月樓最近的殺人地點畫出大圈的圓。

「這是我大致推算的霧氣範圍，最濃的時候，裡頭的可視距離大概在三到五米之間變動。」

「這霧是兇手具現而出的？」翁子園問。

判斷並且確認對手的能力類型是相當重要的準備作業，如果是單純的具現型使者，那麼霧氣應該就不會有額外的能力，而如果是能量型的使者就必須注意是否會對人體造成奇怪的影響。

而且對手是否具有召出意識型影子的能力也還未可知。

彷佛現在才意識到翁子園所說的話，李彥丞突然拔身，伸手抓住趙玄嚳的領口。「你是要讓她去當誘餌？」他將趙玄嚳扯近，以像是要將人吞下肚的氣勢惡狠狠地說道。

「我承認，我的確有那種念頭。」趙玄嚳大方說出自己的想法：「不過，我也是因為相信你們的實力才這麼做的。你可是能獨自和史賓森．麥爾交戰的人，我想保護子園小姐對你來說絕對不是難事。」

李彥丞覺得自己抓住領口的拳頭似乎軟化了不少，鼻腔哼哼噴氣，鬆手放開趙玄嚳的領子。

「你打算什麼時候開始捉這個使者？」翁子園喝了口茶，茶湯已經微涼，香氣卻依舊濃郁。

「不如就從今晚開始吧。」

「今晚？兇手犯案的間隔有這麼近嗎？」

「雖然沒什麼根據，不過我總覺得他已經殺人殺上癮了。從歷來的作案時間來看，間隔只有縮短沒有拖長。警察的神經也完全繃緊，必須在市民察覺到他的異常性前一口氣解決他才行。」

翁子圉覺得有些倦，想回家睡覺，但趙玄嚳說的的確是事實。

「所以你已經想好對策了。」

「是的，霧氣發生的時候首先以我的能力確認範圍，然後茉妮卡小姐以心電感應傳遞訊息給你們，你們再進入霧中追捕他。」

聽起來是相當簡單的計畫，翁子圉在心底打著呵欠。

「就照你說的作吧。在那之前，我們來談談更重要的事情。」

趙玄嚳疑惑地看著她。

翁子圉將大拇指和食指繞成圈，其餘三指微張，展示在其他人面前。

ch9.

徘徊的弒者

他完成一天的工作，下班返家。

騎著從父親那裡接手，重新整理過的偉士牌機車，他按照平時習慣的路線回家。在透天住宅的騎樓下停好機車，從口袋裡拿出鑰匙，剛打開大門，他就聞到晚餐的味道從廚房裡飄出，那是他再熟悉不過的，母親料理的香味。

他沒出聲，鎖好門之後從玄關踏入客廳，和正看著晚間新聞的父親點點頭。

父親戴著眼鏡，手輕輕捏著遙控器，表情有些憂心地看著電視畫面。

那是昨晚他犯下的案子。

上樓走回房間，放好公事包之後脫下外套，從外套內側的暗袋裡面取出刀子。他躺到床上，透過天花板的光線看著裹在皮鞘內的刀子，大約五分鐘之後，他將刀子放回平時收藏的夾層內。他嘆了口氣，靠著額頭伏案沉思。他實在不該帶它出門，萬一一時壓抑不住動手殺了同事該怎麼辦？

他的人生將會崩毀。

「哥，」女孩的嗓音從門外傳來，「該吃晚飯囉。」

他的肩膀緊縮了一下，然後起身走到房門處。

打開房門，他的妹妹正站在門外，身上的制服還沒換下，澄澈的目光壓得叫他喘不過氣來。

「你不要一回家就窩進房間嘛。」妹妹朝他抱怨。

「對不起……只是……剛好想到有點事情要做。」

「果然很奇怪。」雙手揹在腰後，妹妹眉頭微蹙：「不是只有媽而已，最近連爸都在抱怨噢。發生什麼事了嗎？」

「沒什麼，只是最近公司比較忙，腦子裡老是東想西想的。」

「真是的，快下來吃飯吧。爸媽都在等你呢。」

「嗯。我整理一下東西，馬上下去。」

女孩在身後緊盯著，他裝模作樣地假裝收拾桌面上的東西，然後跟著妹妹一起下樓。從背後看著妹妹的身影，及肩的頭髮輕輕搖曳，他拳頭微握，然後緩緩放開，想像自己的手裡有把刀子。呼吸變得沉重起來，思緒混濁。他搖搖頭，得冷靜下來才行。他不斷說服自己。

妹妹在附近的私立升學高中就讀二年級。跟他不一樣，成績優秀，性格也積極，在班級上擔任幹部，和他這樣庸庸碌碌的人不同，是個很好的女孩子。

和他這樣的人不同，是個普通的女孩子。

爸媽倚著方桌，兩人坐在同一側，桌上已經擺著好晚餐，自己的碗中填滿白飯，騰騰冒著水氣。他在妹妹身旁坐下，拿好碗筷，其他人才紛紛動手挾菜。

電視在身後播著廣告，作為背景音在身後響起。

「公司很忙？」父親開口問道。

「最近業務量比較大，所以有稍微變忙一點。」

父親點點頭，眼鏡的反光讓他看不見父親的眼神。

母親挾了魚肉越過整張桌子放到他碗裡，拌著薑蒜紅燒過，帶著醬油味道的金目鱸魚，和著白飯入口，很香。

妹妹開始和母親聊天，父親偶爾也插入一兩句話，大概是學校的話題吧，他想。他嘴巴嚼著，腦海中空白一片什麼也沒聽進去，只是像往常一樣沉默著，安靜地吃飯。

「哥——你有在聽我說話嘛？」

「你這孩子也吃得太專心了吧。」母親搖頭苦笑。

「因為很好吃嘛。」他動手挾菜，這才發現碗裡的白飯已經少了大半。

「白飯有這麼好吃嗎？」妹妹故意問道。

「嗯。」他心不在焉地回答，然後把魚放進嘴裡。

廣告結束之後，電視再度輪進入七點的晚間新聞，他凝聚注意力，仔細聽著女主播的報幕開場，很快地就進入頭條，他聽見關於連續殺人事件的報導。

父親眉頭深鎖，母親和妹妹也沉默不語，似乎全都仔細關注著頭條新聞的報導。畢竟是發生在市內，就在自己身邊的殺人事件，氣氛稍微變得緊張起來。他吃完碗裡的飯，舀了些排骨湯。

「這個社會真的是世道沉淪，警察也不知道在幹什麼。」父親低聲開口。

他邊啃著骨頭，若無其事地聽著新聞。昨晚他殺死的那個女人在清晨的時候被發現屍體，運氣比上一位差上不少，在路邊暗巷裡足足躺了一整晚。因為證件都在，身分很快就查了出來，揚聲器傳來家屬哭號的聲音。新聞裡面沒有太多作案細節，或許是因為手法完全一致的關係，除了徒增一名死者之外沒有任何多餘的消息可以報導。

電視轉而發出比較低沉的嗓音，或許是市警局長或是刑事警察的高層在說話，要市民安心云云之類的廢話，他在心裡盤算著要再殺多少人才能把他給換下來。

「好可怕……」妹妹聲音有些發顫。

「秋彥，如果公司許可，下班之後就順道去學校接妹妹回家好不好？」母親憂心忡忡地問。

「嗯，我知道了。」

「如果要加班不方便的話就打電話回來，我去接。」父親說。

妹妹很安全。

但他不能說出口。

再怎麼樣他都不能傷害妹妹。

也不能傷害他的父母。

只能向那些受害者默哀。

「我吃飽了。」

他放下碗筷，將自己的份拿到廚房內的水槽稍作沖洗，轉身上樓。

大字躺在床上伸展手腳，胃袋的飽足感讓他覺得四肢身體有些鈍重，他關掉天花板的電燈，打開床邊的檯燈，靠著枕頭，讀起勞倫斯．卜洛克的《屠宰場之舞》。

馬修．史卡德是個酗酒又戒酒的私家偵探，雖然每次卜洛克都不斷在書中提起馬修酗酒的原因讓他覺得有點煩，但他還是覺得這個人相當活靈活現。就像個現實人物一樣，馬修這人有著自己的生活和煩惱，而不像其他偵探小說中的偵探整天辦案，明明戒了酒故事中卻老是出現酒這種矛盾感也讓他很喜歡。在這篇故事中他一路追查錄影帶內遭到虐殺的男童和兇手，他已經讀了好幾次，從學生時代開始他就喜歡這個系列。

而今，自己卻成了殺人者。

如果有像史卡德這樣的偵探追著自己，可一點也不有趣。

闔上書，他轉身在床上趴著，胃裡的食物使他昏昏欲睡，但是他還沒洗澡，也還沒做他想做的事情。

他準備了替換的衣服和毛巾，起身到浴室去淋浴。熱水很刺，洗頭的時候泡沫流進眼睛裡，照鏡子的時候他看見自己的眼珠充滿血絲。他刮了鬍子、刷了牙，擦乾身體換好衣服之後會到自己的房間。

鎖上門，從抽屜夾層拿出刀子放入手中。

叩叩。

敲門聲響起。

「哥?你在忙嗎?」妹妹的聲音悶悶地從外頭傳來，心跳瞬間增拍。

他冷靜地將刀子放進抽屜，將門打開。

「好暗……怎麼不開燈呢?」

「我在看書，今天有點累想早點休息。」

「噢……我可以進去一下嗎?」

「要幹嘛？」

「我有本想看的小說，可以跟你借嗎？」

「好啊。」他轉開身，打開門讓妹妹進入自己的房間內。他坐回椅子，假裝翻閱著《屠宰場之舞》，窺伺著妹妹的一舉一動。

「找不到呢……」

「妳要找誰的書？」

她說出了一個日本作家的名字。

「咦？」他歪著頭想了想，自己的確是買過這個神祕作家的小說，不過大概是因為中文版銷量不佳該出版社再也沒出版其他作品，相當可惜。

「在第二層，靠左側的最上面吧。」他說。

「啊，找到了。」

「不過我覺得他的書有點那個耶……好像不太適合妳看。」

「你買的書哪本不那個？」

「……」

妹妹踮起腳尖，伸手將四本書全部拿下來。

「嗚哇，果然封面就相當那個，啊不過這兩本還滿可愛的。」

「妳高興就好。不過怎麼突然想看他的書呢？」

「因為聽說是相當獨特的文風，於是就想借來看看。」

「要說獨特是很獨特啦，不過嚴格來說應該是電波吧。」

「電波？」

「當我沒說。」

「喔……那我回房間囉。」

「晚安。」他說。

「晚安。」她說。

妹妹回房之後，他在地板上做起柔軟操，首先是拉筋，然後是上半身的肌肉。大約做了十分鐘之後他已經覺得相當足夠，在出汗之前他停止動作。

換上深色的長袖上衣和牛仔褲，從抽屜裡拿出刀，連著鞘一起藏在腰後，帶上錢包鑰匙和手套。

離開房間，樓下客廳的光線已經變暗，只剩下昏暗的小燈還亮著。他小心地走下樓梯，準備出門展開獵殺，卻在黑暗的廚房中看見妹妹。

她穿著睡衣站在冰箱前，嗡嗡作響的冰箱內部發出鵝黃色的光，手裡端著玻璃杯，裡面裝著半滿的牛奶，另一隻手拿著空瓶。

「哥？」妹妹說：「這麼晚了，你要出門？」

「我去一趟便利商店，順便散散步。」他說出預先準備好的臺詞。

「這種時間還散步，不怕遇到攔路殺人魔？」

我就是殺人魔。他想。

「安啦，我是男生，他不是專殺女人嗎。」

「算了，管你去死，牛奶喝完了順便帶一瓶回來。」妹妹揚起頭，將杯中剩下的牛奶喝完。露出的頸子相當誘人。

「噢。」

旋轉鑰匙，踏出門外反鎖，他定定的看著玻璃那頭的光源變暗，然後離開家門。

霧氣自他的腳底漫出。

ch10.

霧間的追纏

入來院宗介獨自坐在公園的長椅上。

已是深夜，公園路燈的照明從頭頂直直打下，將他照得慘白。

看著手中已經變得破破爛爛的緋紅竹傘，他想起黃昏時的那場搏鬥。他已經很久沒有進行如此激烈的格鬥，那人像野生動物一樣，行動毫無規律也沒有固定的招式，一拳一腳卻都是敏銳而鋒利的攻擊。

如果不是自己體力不支，真想和他再多打一會兒。

緊握傘骨的手心發汗，緊緊掐住，裂開的細刺熾陽般戳著他的皮膚。

真是沒用。

他懊惱地想，身為入來院家的長子，自己是不是太沒用了。

先天性的白化症讓他天生畏光，皮膚不耐日曬，而且不知為何體格也比一般的孩子虛弱許多，如果不是家族從小讓他修習劍術和柔術，恐怕他的體力還會更差。張開掌心，他看見赤紅的血珠從被竹刺扎破的傷口冒出來，他將手心放到自己的嘴邊，用舌頭仔細舔入口中。

血液進入口腔，與唾液混合之後幾乎嚐不出味道。

稍微移開手掌，血點已經消失，些許的刺痛感還殘留在皮膚上，傷口附近浮起明顯的腫包，以指腹按壓卻沒有再流出血。

好像，有點累了。

宗介用寬大的和袖遮住口鼻，打了個呵欠。

他站起來，習慣性地揮振衣袖，拿著從中折斷的傘離開公園，到出入口附近的時候考慮了一下，順手將竹傘丟進旁邊的垃圾桶。

他覺得有點可惜。

他十分喜歡那把傘，但是被破壞的東西只能丟棄，就算勉強以相似的材料修補，也不能再回到以前的模樣。

該回飯店去了。

陌生的城市，道路散發著白晝的餘熱，夜風吹拂時將它們帶離，汽車呼嘯而過排出廢氣。他抬頭仰望，這座城市的天空也很難看到星星，遠方上空有閃爍的光點正在移動，是人造飛行器發出的光。

移動腳步，走在人行道上頭的時候他覺得腳底有些痠麻，果然是太過高估自己的體力了嗎？在烈日下行走，進行戰鬥之後又繼續尋找了數小時，連正常人都會感到疲勞的行程對宗介來說的確是沉重的負擔。

可是就算早一天也好，他想盡快找到自己的妹妹。

能遇到茉妮卡絕對是偶然，他自己也暗自喜悅。

撫子會刻意來到這個國家一定有原因，只是他沒想到茉妮卡竟然會脫離撫子的掌握獨自行動，茉妮卡．雪菲爾的行動必然具有意義，不過或許連她自己也沒意識到她的力量對這個世界所帶來的影響。

入來院家族已經有了千里眼，只要能夠再得到茉妮卡．雪菲爾的拉普拉斯，就毫無疑問的能夠成為王者。

只是，自己似乎不是雪菲爾喜歡的類型。

宗介搔搔下巴，雙手交叉互相放入袖中，以獨特的思考模式構思著下一步該如何行動。

宵影的援助者已經找到了，茉妮卡．雪菲爾也承諾會幫忙，自己似乎沒有親身尋找的必要性。

就在他打算沿著原來的路線返回飯店的途中，宗介瞥見視覺末端所發生的奇異現象。

街道的盡頭宛如隔著一層毛玻璃，覆蓋其後的物體變得像油畫風景般模糊不清。

是霧嗎？

宗介瞇細雙眼，深紅的瞳孔在夜中灼灼發光。

和其他白化症患者不同，宗介的眼睛並沒有視力不佳的問題。

名為好奇的燃料從他心底燃起，驅動著他的腳步向前。

霧氣在某處停止蔓延，好像有無形的玻璃擋住。宗介伸出手撫觸霧的邊界，手指浸泡在霧氣之中，濕潤感確實地由指尖傳遞過來。

他望向立在霧中不遠處的路燈，熾白的燈光照出空氣中的濃密水華，其下的柱身完全被霧掩蓋陷入黑暗。

又是使者嗎？

臉龐咧開微笑，入來院宗介邁開大步走入霧中。

他還是第一次在濃霧中行走，雖然去倫敦的時候也曾經見過濃霧，但大多都是待在室內或車上。霧中的空氣凝滯，感受不到風的吹襲，水氣附在臉和衣服上，身體好像變得沉重。

宗介摸摸衣服布料，確實地吸收了水分變得具有厚重感。

看來和現實的霧沒有什麼不同。

空氣通過鼻腔時也留下濕氣，連呼吸都有些不順暢。

可視範圍好低，他伸出手，計算能視範圍。

只有十公尺左右……

遠處幽幽地透著兩道黃色的光，以彼此之間距離來看應該是小型房車，駕駛放慢速度，緩緩地朝著宗介駛來。車子經過宗介身邊時他不經意地瞄過一眼，看不清駕駛的臉。

越深入霧氣似乎就變得越濃稠，眼睛變得有些痠麻，眼角含著淚液，要看清道路的曲直也越發困難。

但他還是獨自深陷其中。

淡薄的聲音從灰色的幽暗中藉著水氣清楚的劃過他的耳邊。

該怎麼形容那種聲音呢？

像是遠處有人在黑板上用粉筆切上記號般虛浮的顫響。

宗介沿著牆壁行走，小心地攙扶牆壁，再度伸出手腕測距，發現能見度又降得更低，自己好像潛入混濁的海中喪失方向感。

在那聲音之後，空氣中多了一個味道，他嗅著，循著味道傳來的方向輕巧地踱步。周遭很暗，只有路燈穿透稠霧帶來的隱約光暈勉強讓他能夠辨識眼前的東西。

那是個人。

身上纏繞著不尋常的血腥味，霧像空氣形塑而成的繭蛹，輕柔地籠罩著他，身體的輪廓隱隱呈現在內側，宗介甚至分辨不出是正面或是背面。

「晚安。」宗介說。

那人的身體抽動了一下，瞬間變得僵直。

「霧，是您弄出來的嗎？」

「……是啊。」猶豫的聲音傳來，和此人的面容同樣模糊不清。

「這讓在下很困擾。」宗介沒想到對方會有所回應，有些驚喜。「在下正在找人，如果受到您的霧氣影響而錯失相遇的良機，在下會很失望。」

「那……不關我的事。」

「真是麻煩吶。那是在下的家人，如果找不到她的話，在下會相當遺憾。能不能請您至少在這一週內不要使用您的『能力』呢？」

「…………」

「您為什麼要散出如此濃烈的霧呢？在下猜想，是為了方便進行殺戮嗎？」

腳步聲響起，那人轉身逃走。

「別走啊，在下很想跟您聊聊呢。」宗介朝著霧開口，追著聲響而去。

他很想和這位使者再說些話，畢竟難得遇見。

遇見同類。

此人身上散發的味道實在太令人熟悉，那是剛奪去他人性命，殺人者的氣味。新鮮血液的味道還留在空氣中，和甫擊發過的手槍硝煙同樣揮之不去。

宗介追著隱身在霧中的使者，只能藉著足音判斷去向和速度。

對方的腳步聲聽起來跟一般人沒有兩樣，是沒有長期運動或是訓練，柔軟而隨意的聲響。雖然在速度上要追並不困難，但是視野受到妨害，對周遭環境也不熟悉，宗介只能放慢速度盡量追在他身後。

就在宗介逐漸感到體力無法支持下去的時候，周圍的霧氣逐漸消散，只在那人周圍維持著迷霧，形成灰色的屏障保護著使者本體。

那人停下步伐，突然說話。

「別再繼續追我了。」

宗介盯住他，緩過氣之後才開口說道：「在下不是刻意要追您，只是難得見到跟在下一樣的人，忍不住想多說兩句。」

「……什麼意思？」

「也就是說，在下和您是同類。同樣都是異常者，同樣都是殺人者。」

「我不懂你想說什麼。」

「有時候更坦率一點面對自己的本性，不是會比較好嗎？在下並沒有否定您的異常，因為如此一來就是否定自己。只是，無論如何都有一件事想請教您。」

那人沒說話，宗介逕自說出問題。

「為什麼要殺人？」

那人明顯地愣了一下，然後發出嘆息似的細小笑聲。

「那種問題，不覺得太籠統了嗎？口口聲聲說你是我的同類，那我倒想問你究竟是做過些什麼？」

「如果在下告訴您的話，您也願意答覆在下的問題嗎？」

「當然是看你的答案而定。」

「在下殺了三十七個人。」宗介毫無猶豫的回答。

「……………」

「用日本刀活生生地砍殺肢解。」宗介簡單地述說。

「你問我為什麼要殺人？如果你真的是我的同類，最清楚答案的不就是你自己嗎？」

「在下不知道自己為什麼要殺人，所以才想聽聽看別人的解答。」

「你說你親手殺了三十七個人卻還是不知道答案，問我又有何用？」

「您殺了多少？」宗介問，語氣卻不像是在談論人類。

「九個人。」

「這麼看來，在下算是前輩呢。」宗介合掌笑道。

「……你到底想說什麼？」

「在下只是想要一個答案。」宗介移動腳步，沒有接近，而是朝著右側走過幾步。「您覺得，為了什麼目的的殺人才是最正常的呢？有人因為愛慕殺人，有人因為憎惡殺人，有人因為金錢殺人，有人因為權力殺人。這些都是殺人者的理由，至少在一般人看來，有目的的殺人才算得上是正常人不是嗎。」

「原來如此。」

「看來您已經完全明白在下的意思。那麼在下再問一次，您是為何而殺戮？」

「沒有理由。」

宗介露出微笑。

「只是想殺，就殺了。」

「沒錯，在下也有相同的看法，沒有理由的殺人者才是最正常的殺人者。為了進食而進食，為了睡眠而睡眠，這才是動物的天性，違反天性的才不能說是正常，不如說，是飽含情感的人類所產生的異常。」

「這番說辭只是在合理化自己的行為。」

「如若不然，你我又該何去何從呢？」

「我說出答案了，可以離開了吧？」

「別這麼心急啊。」宗介召出「破形」，刀柄服貼地與掌心合而為一。

「日本刀……」

「您知道在下所殺死的三十七人是怎麼樣的人嗎？」

「……不知道。」霧裡的身影動搖著，仔細觀望宗介的舉動。

「在下也不知道，但是……在下現在就想殺了您。」

「你在開玩笑嗎？」

「大概不是吧。」

霧影沒有太多猶豫，轉身逃走。

入來院宗介如同飛箭般追上去。

刀未離鞘，而是維持著拔刀的姿態奔跑。

彼此之間的距離迅速逼近，霧影卻沒有擴張的跡象，而是維持著纏繞在使者周圍的模式。

宗介有些在意為什麼他不用霧來阻礙他的視野，是能力維持到達極限了嗎？還是……

剎那間濃霧噴發，變成伸手不見五指的詭異濃度。宗介又追出一小段路，停下腳步之後環顧四周，正想確認自己的所在位置。

一道沉重的聲音帶著閃光直撲自己而來！

宗介的目光完全被吸引，瞪著那奇妙的異象無法移開視線，靴子底部在柏油路上發出的刮擦聲被大地的震動和「怪物」發出的巨大咆吼掩蓋，宗介突然無法理解自己的眼前發生了什麼事。

輕輕向後跳躍，延緩「怪物」撲至的時間，上半身在空中扭轉，「破形」出鞘的同時刀刃與地表呈現垂直。

一閃。

極限的拔刀術連同空間將大型貨車從中斬開一分為二。

入來院宗介悄然落地，從身體兩側分開的貨車露出擋風玻璃內部的駕駛座，駕駛驚慌的臉轉眼而逝，接著露出內藏的貨品，部分被斬破的斷片翻飛而出，車體錯身而過互相擦撞冒出熊熊火花在身後倒下撞成一團。他轉身看去，發現司機一臉迷茫地從左側斬裂分散的車體頭部爬出，這時他才注意到周圍的霧已然消散。

他朝潛伏在霧中的男人消失的方位望去，卻空無一人。

竟然給自己設了陷阱。

是在談話的時候想出的圈套嗎？原來如此，所以才會將持續將霧纏繞在身邊的狀態，不，或許是那時在身後的方向也依然維持著淡薄的霧的狀態。所以說不只是能夠操縱霧的擴散範圍和濃度，還能夠掌握霧氣中其他物體的動向嗎？

所以才能造出這樣的陷阱。

真是難對付啊。

「破形」自他手中消逝，宗介遺憾地搖搖頭，信步走上返回飯店的路途。

ch11.

反饋的殘留

一覺醒來，昨晚那股鬱悶的氣氛好像還停留在身體似的滯留不去，我按掉震響的手機鬧鈴，閃爍的數位液晶時間顯示著早上六時半。

閉上眼睛，我翻身留戀床鋪的溫暖，揪捲棉被把自己裹起來。

不久之後我緩緩張開眼睛，重新確認過時間，才過了十分鐘，離上學時間還綽綽有餘。我揉了揉眼，起身又發呆了五分鐘左右才慢條斯理地打了個呵欠離開被窩。

昨天晚上到底是怎麼回事？

我重新在腦海中回憶過一遍。我和小明一起到月樓，玄嚳哥準備了茶會，茉妮卡也在，劉醫生帶著一群護士小姐過來，然後是翁子圉和李彥丞。雖然我對李彥丞沒有什麼好感，但至少也沒像小明如此敵視他，這兩個人好像天生犯沖似的水火不容，一想起昨天那個劍拔弩張的氛圍就讓我背脊發涼。

我離開房間到浴室去盥洗，邊刷牙邊暗自感謝暮綾姊昨夜的颯爽登場，如果不是她及時出現我還真不知道該怎麼開口說要回家。

我有點在意趙玄嚳為什麼要突然請那兩人來參加茶會，口頭上雖然說是感謝他們的幫助，但有必要再那個時候把氣氛搞得這麼僵嗎？他應該比我更清楚小明對李彥丞的敵意才對。

回房整理好床鋪之後，我稍微休息一下，換上制服。

我按壓額頭，茉妮卡雖然說已經喚醒了夸特恩，但卻一點感覺也沒有。身體狀態沒什麼改變，還是一樣體能絕佳，呼喚夸特恩也絲毫沒有反應。

耳膜鼓動，我被突如其來的聲音下了一跳。

──早安。

「夸……夸特恩？」我環顧四周，對著空無一人的房間問道。

「是我沒錯。」部分空間變得模糊歪曲，我不自覺地後退一步，等待著機關巨人現身，但是……

「你、你這是什麼樣子？」

我瞠目結舌地瞪著疑似夸特恩的物體。

現在出現在我眼前的它已經不再是先前迴轉著無數齒輪的機關巨人，應該說，機關是還在，但已不再是巨人模樣，而是只有約一公尺高度，四肢以微妙比例縮短的三頭身大小，放進超級機器人大戰遊戲畫面裡頭剛剛好的尺寸。

標準畫質版本的夸特恩飄浮在空中，看似無奈地用手指搔了搔鐵假面。

「因為提早被茉妮卡．雪菲爾小姐喚醒，暫時只能用這個狀態現身。」

原來如此……茉妮卡那時候的好可愛原來指的是這件事情，仔細觀察了一下的確是有那麼點可愛，不過就算是被提前叫起床也不至於差這麼多吧！

「是的，會變成這個模樣主要還是因為連續使用『絕對實現』所造成的影響。先前也提過，以你體內積存的能量，使用兩次左右差不多就消耗殆盡，就算直接攫取大量的能量源也不足以供應這樣的連續使用，在那種情況下雖然勉強成功造出蟲洞，同時對我的構成體遭到很大的反饋。」夸特恩解釋。

「那你還要維持這個樣子多久啊？」我蹲下來，正好與它齊高。原本就像甲蟲一樣圓潤的金屬青甲現在變得更圓，整個身體變得圓滾滾的十分可愛。我嘆然一笑，不過想到是自己害夸特恩變成這個模樣就有點不好意思。

「你和雪菲爾小姐看見我的樣子都在笑呢，雖然笑的涵義不太一樣。」

「茉妮卡不管見了誰都會笑吧。」

「回答你剛才的問題，我想大約還要十五天左右才能以原始的姿態行動，驅動力方面雖然沒有影響，不過『絕對實現』暫時是使不出來了。」

「無所謂啦。」我站起來：「反正敵人跑掉了，因摩陀……也沒那麼快復活才對。」

「暫時無法理解的部分是，為什麼雪菲爾小姐要在這個時候強制將我喚醒。」

「她那時候也是神祕兮兮的什麼也沒交代。」我試著回憶當時的對話，突然想起一件非常要命的事。

「對了，暮綾姊她好像也覺醒了！」幸好昨晚沒有人隨便使出能力，否則就很難解釋了。

「你的用詞不夠精準，正確來說，應該是進入了淺覺醒狀態。」

好像沒錯，茉妮卡確實是這麼說的。

「該不會連暮綾姊也要成為使者了吧？」我緊張地問。

夸特恩沉默，當它安靜不說話的時候根本就無法知道它的思緒，既不會顯露表情也不會有任何情緒上的反應，一如往常地難以捉摸。

「應該不會，依據我的經驗，要從淺覺醒狀態蛻變成覺醒者並沒有那麼簡單。和一開始就完全覺醒的使者不同，淺覺醒者必須要有相當的催化劑或是外在影響才能更進一步地使用能力。」

「那……你有沒有什麼辦法？」

「要讓她覺醒？」

「我是說想辦法讓她變回以前的樣子啦！」

「覺醒是不可逆的，不過別的方式倒是簡單，盡量讓她無意識地忽略我們就行了，就像我以前對你做的手法一樣。」

「那就快用吧！」

「不過這個手法只能夠避免她將注意力放在影子上頭，對於針對性的直接影響還是無法遮蔽，否則一旦遇到危險狀況的話就糟了。」

我皺起眉，夸特恩說的的確很有道理，但是現在沒有時間管這個了。

「總之，你趕快動手吧。」

「好的。」夸特恩胸中的藍火突然膨脹。

「完成了？」

「別這麼心急，循序漸進。」夸特恩高深地說。

「好吧，不過我現在該去學校了，這件事我會再問茉妮卡，你要不要先藏起來？」如果暮綾姐正好路過聽見我們的談話聲就難解釋了。

「了解。」夸特恩很乾脆地消失。心裡好像被觸摸了一下，感覺很溫暖。

我看了一下手機時間，七點十分。

離開房間，暮綾姊睡得很沉，鼾聲從她的臥室裡傳出來，不過客廳還是一如繼往的亂。我到廚房隨便做了烤吐司之後用保鮮膜封了一份起來，悠悠哉哉地享用完之後才出發。

路上還留著薄薄的晨霧，馬路上濕濕的顏色變深，行道樹露水也結得很重。

我迅速抵達學校，體育社團好像停止練習，空曠的操場上完全沒人。

走進教室的時候已經有幾位同學在裡面開始溫習——或是預習——功課，也有人小聲聊天，不過大致上還是維持著升學高中用功的氣氛。我看見詹秋韻待在教室中央，眼鏡下的面容輕描淡寫地瞥了我一眼，桌上的書籍看起來不像是課本。

我朝她點點頭，走到自己的位置放下書包。

不知怎地總覺得教室內的氛圍有點怪異。

坐在自己的座位上，我默默數著窗外略顯冷清的通學人群，教室內逐漸熱絡起來，我看了看周圍的同學，總覺得比平常的人數還要少上一些，尤其是女孩子。

小明出現在校門口的時候我鬆了口氣，邊用手指敲著桌面邊等待她進入教室。

她的表情有點僵硬，我覺得小明應該是個低血壓的重度起床氣患者，但現在她給我的感覺和平常不同。

與我視線交錯之後，她並沒有直接走向我面前的位置，而是稍微繞了路走到詹秋韻身旁說了兩句話之後才移動到我面前。

「早安。」她眨動眼睛。

「早啊。」

她順了順裙子，屈身坐下。

「果然，來學校的人也變少了呢……」從書包裡抽出課本，她若有所思地對我說。

「原來不是只有我這樣覺得？缺席的人好像都是女生耶。」

「不會吧……」

「那種鄙夷的語氣是什麼意思啊！」

褅明認真地把身體旋轉過來，右手輕輕地靠在我的桌上。

「攔路殺人魔……你應該知道這件事吧？」

我點點頭，想起前些天曾經看過這則新聞，那時還和暮綾姊在開玩笑呢。

「前兩天又有兩個女孩子遇害，而且……都發生在我們學區內。」

「原來如此，所以大家才會請假躲在家裡啊。」我恍然大悟。

「玄罌哥懷疑兇手很有可能是使者。」褅明湊過臉來，壓低音量小聲說。

又來了！我早有預感會是這種發展，事到如今也沒有什麼好驚訝或是抱怨的空間。所謂的攔路殺人魔是一種平常只會在電影電視電玩漫畫小說裡面出現的東西，當然歷史上也不乏這種人物，通常都會被診斷成精神異常或是自幼受到虐待之類具有悲劇性質的反社會人格類型，是人類社會中珍奇的稀有動物。

能夠在自己的生活環境周遭遇到殺人魔可說是十分榮幸？過去情報傳遞不發達的時代很容易被遮蔽忽略，但現在可是人稱第四次工業革命的資訊時代，連續攔路殺人魔這種東西竟然真實存在，而且警察還束手無策，果然除了影子使者之外就沒有其他解釋了。我的腦袋如同滾筒式洗衣機內部反覆急速迴轉，腦漿全都攪成一團亂七八糟，暈眩感像炸裂的螞蟻巢穴般從身體中心湧出，我覺得好像要吐了。嗚嗚嗚。

「你……你沒事吧？臉色看起來有點差耶。」小明語氣有些擔憂。

「沒、沒事。」我吞嚥口水，將爬在喉嚨裡的螞蟻們推回胃裡去。去死吧去死吧，我在心中吶喊，將暈眩構成的螞蟻推入胃酸地獄消化吸收。我想像螞蟻在胃袋裡面邊掙扎噴出蟻酸邊融化的情境，搞不好我會因為胃酸過多而吐出一堆螞蟻屍骸也說不定。

該說是沒有實感嗎？

跟超能力者的數量相比殺人狂還比較稀少也說不定。

「前天早上曾經在電視上看過他的新聞，我記得……好像已經殺死七個人了？」

「連今天早上發現的，已經是第九人。」小明臉色變得陰沉。「玄嚳哥已經開始準備對付他了。」

「對付他？難道是……那兩個人？」我想起李彥丞。

小明輕輕點頭。「昨晚你離開之後，玄嚳哥就開始跟他們談這件事。」

「那樣不是很好嗎，事情有人解決就可以了吧。」

「我說你啊……」小明話還沒說完，上課的鐘聲響起，她蹙眉瞪了我一眼，沒把話說完就轉過身去。

我撐著下顎環顧教室，中間還出現不少空位。大概有三分之一的女同學沒來上學，好像也有一兩位男生不在位置上。

導師和第一堂課的英文老師一起走進教室踏上講臺，導師的臉看起來有點彆扭，她清清喉嚨讓班上同學交談的音量降低，然後開始發言。

「想必大家都知道最近學校周圍發生了一些不好的事情，有些同學也因此而請假，雖然有點囉唆但是學校方面也有必要照顧各位同學讓家長安心，因此老師在這裡宣導一些注意事項。首先是放學時間調整，最後一節課暫時取消，社團也暫停活動，放學後請大家不要在路上逗留立刻回家。另外，請大家放學時盡可能結伴同行不要落單，天黑之後也不要獨自出門。如果在路上看到可疑人物的話就趕快通知學校或警察。」導師依照平時上課的習慣轉轉眼珠巡視教室裡的所有人。

「這樣子都明白了嗎？」

班級沉默。

「不說話就當你們全都懂囉。」導師用不負責任的口吻結束宣告，與英文老師眼神交流之後就二話不說離開教室。

英文老師是個有著短短捲髮身材略微豐滿的女性，歲數雖然已經接近中年不過思維算是相當年輕的人，性格也溫柔。她將課本擺到講桌上，臉上露出焦慮的笑容。

「雖然是很可怕的事情，不過大家上課還是要專心聽講噢，不然就白費你們冒著生命危險來學校了。」她冷不防地就開了個玩笑。

有幾個人心情似乎鬆懈下來，發出笑鬧的聲音。

英文老師也笑了。

她轉身面對黑板用粉筆開始抄寫符合課本進度的單字和文句。接下來也沒什麼好敘述的，英文課結束，數學課開始，午休我和小明一起吃便當，中途班長詹秋韻跑過來摻了一腳。趴在桌上午睡的時候我完全睡不著，腦袋昏昏沉沉的卻睡意全無，攔路殺人魔一直在我心頭盤桓不去，我想起那個四處扔炸彈現在下落不明的炸彈白痴，難道說人一旦有了異常的能力之後連性格也會變得怪異嗎？小明會傷人是因為不能控制自己的心智，為什麼這兩人會發了狂似的襲擊別人我完全無法理解。午休結束，下午的課程結束，期間我和小明又交換了幾個意見，因為提早了一堂課放學所以只要打掃完畢之後就可以回家。

離開校舍穿堂的時候，詹秋韻和小明走在我身後，從距離和交談的音量我只能隱約聽見意味不明的隻言片語，心裡雖然有點在意交談的內容但我就是提不起勁湊過去，獨自一個人走在前頭。

校門外頭聚集了大量的家長和車輛，和校園內部湧出的學生接觸之後，如同細胞融合般以機動車輛為基底重新構成陸續離開。停下腳步，我等著身後的兩個女孩逐漸靠近，本來是打算跟詹秋韻道別後再分頭離開，不過當我回頭望去的時候卻看到詹秋韻小跑步向我衝來，在我還不能理解之前出聲喊了：「哥——」順著她揮手跑去的方向望過，我看見一個男人跨坐在鐵灰色佇起中柱的老舊偉士牌機車上；身材有些瘦、穿著深藍條紋襯衫和卡其色長褲、臉上泛著單薄笑意的男人朝著詹秋韻揮手。他的頭髮軟而滑順，服貼地沿著額頭的線條彎下，五官輪廓不甚鮮明但是能夠看出和詹秋韻確實具有血緣關係，他目光柔和地望著班長，將預先準備好的安全帽交到她手中。小明和我一起走近機車旁，朝著那人點點頭。

「小明，王守人，他是我哥，叫詹秋彥。哥，他們是我的同班同學，她叫季禘明，然後他是王守人。」詹秋韻扶著車頭的圓形後視鏡，很快地替雙方進行介紹。

「你們好。」詹秋彥再度朝向我們點頭，聲音聽來低沉而溫和。

「詹大哥你好。」小明相當有禮地回應。

「不用叫我大哥，叫我秋彥就好。」詹秋彥笑咪咪地說。

「不過，哥，你這麼早過來接我沒關係嗎？公司那邊不是很忙嗎？」

「還不是媽打電話去公司跟上面提起我有個上高中的妹妹，他們二話不說就放行。只是如果有提早下班的話隔天也要提早過去公司就是了。」詹秋彥解釋完之後朝著我和小明打量一番。

「你們兩個是要一起回家嗎？」他問。

「嗯，秋彥……哥，你不用擔心我們。」小明猶豫了一下，還是不習慣以平輩的方式直呼詹秋彥的名字。

「那就好。我就先送秋韻回家囉，你們路上千萬小心。」他讓詹秋韻乘上後座，戴好自己的安全帽之後發動引擎。

「明天見囉——」班長很開心地朝我們揮手道別。

「拜拜。」小明說。

詹秋彥扭動油門，兄妹兩人緩緩加速沿著道路順向消失在下個轉彎處。

「我都不知道小韻還有個哥哥呢。」小明說。

「是嗎，我也不知道啊。」

「你知道才奇怪呢。」她毫不留情地吐槽。

「我們也該回去了吧，難得這麼早放學，我也想早點回家。」我說。

「你早點回家是想做些什麼？」她鄙夷地望著我說：「我猜應該不是用功唸書之類的事情吧。」

「妳怎麼這麼說呢哈哈……」我尷尬地搔搔頭。

「決定了，今天就到你家去唸書，我來負責監督。」

「欸——？」

「欸什麼欸啊，你到底是有多不想跟我一起唸書？」

「不是啦，老師不是有說放學後要早點回家嗎？而且玄罌哥那邊也不好交代不是嗎？」

「王守人同學什麼時候變得這麼聽老師的話了？」

「可是……」

「玄罌哥那邊我會想辦法，走吧走吧。」小明推動我的背，朝月樓的反方向走。我放棄抵抗，就這樣讓她拉著我前進。

「暮綾姊在家嗎？」小明問。

「我出門的時候她是在睡覺啦，現在我就不知道了。」

「嗯哼。」

「妳找她有事？」

「沒什麼，只是好奇問問。」

雖然心底有些疑惑，但我也沒什麼心思追根究柢問下去。如此說來小明應該是第一次到我家去吧？一想到有女孩子跟我一起回家不禁心跳加速有些緊張起來手心也滲出汗水，其實小時候應該有互相到對方家裡玩的經驗，不過人一長大思考產生偏差也是很正常的，我突然覺得喉嚨好乾啊。

花了與步行到月樓大約同等長度的時間，我帶著小明回到自家門口，正當我準備從口袋裡掏出鑰匙的時候，門突然自動打開讓我嚇了好大一跳。

茱妮卡眉開眼笑地從門後探出頭來。「歡迎你們回來！」茱妮卡身穿輕飄飄的大紅洋裝，笑嘻嘻的說。

握著鑰匙的手懸在半空中，我愣愣瞪視眼前的金髮少女，嘴角不住抽動。

「妳……怎麼會在我家？」

「因為無聊就來了！」茱妮卡推開門板擋在入口前，雙手抱胸理直氣壯地展示豐滿的曲線。「其實我本來是打算來找暮綾，結果聊到一半她接了通電話就匆匆忙忙離開，走之前還麻煩我看家。」

嘴巴上是這麼解釋，但我總覺得茱妮卡是算準了時機過來的。

「欸——小明妳也來玩啊？」她轉移視線，注意到站在門旁的小明。

「呃……其實我不是來玩的。」褅明快速地揮手否認：「我只是來教守人唸書而已。」

「教守人唸書？他的腦袋這麼笨嗎？」茱妮卡拍拍我的頭。

「不要隨便討論別人的智商啦。」我撥開她的手，無可奈何地回答：「先進去再說好嗎，外面很熱。」

茉妮卡乖乖轉身讓開，等到我和小明都進到室內之後才反手將門關上。

「當成自己家就可以了不用客氣。」茉妮卡說。

「這裡本來就是我家啊！」

「哼哼，看在你這麼不客氣的分上，就讓身為大學生的茉妮卡．雪菲爾來教你唸書吧，不管什麼問題都可以儘管放馬過來吧！」茉妮卡拍拍胸脯十分自滿地說。

「嘿──原來茉妮卡小姐是大學生啊？」小明說。

「我可是倫敦大學學院的學生喔！」她翹高鼻子。

「是中輟生吧。」

「是什麼科系呀？」

「歷史系。」

我被無視了。

「倫敦大學學院歷史系高材生，可以請妳指導我三角函數嗎？」我坐到沙發上頭說出嘲諷的話。

「哂……數學這種東西人家都是交給梅杜莎……」茉妮卡鼓起腮幫子，扭著手指的模樣看起來有點委屈。

「怎麼可以依賴能力作弊呢，茉妮卡小姐。」我用之前小明教訓我的話反過來戳刺茉妮卡，正好報了之前被叫小人的一箭之仇。

「茉妮卡妳真的是用能力作弊考進倫敦大學的……？」小明也坐到旁邊的三人座沙發上頭，以十分認真的語氣問道。

「才……才沒有呢！」

茉妮卡的目光飄移。不過光看到這種反應就可以猜出應該多多少少都用了吧。

「奇怪！話題怎麼會繞到我身上來？現在應該關心的是守人你的成績才對吧！」

「不要哪壺不開提哪壺啦！」

「咳咳……我們也該準備開始了吧？」小明阻止我們繼續嬉鬧下去，從書包裡拿出課本。原本我那緊張的心情也因為茉妮卡出現而蕩然無存，只好乖乖配合。

「好──那晚飯就交給我吧。」茉妮卡作勢挽了挽根本不存在的袖子，「你們倆就安心地唸書。」

交給妳才無法放心吧！我在心底暗自吐槽，心不甘情不願地從書包拿出課本，與小明一起開始準備讀書。

「對了茉妮卡，昨晚那兩個人有查到些什麼線索嗎？」小明突然問道。

茉妮卡天真地搖搖頭。

「唔……雖然昨晚如同我預料的兇手又跑出來犯案，但卻沒有找到任何犯人的蹤跡，只是……」

「被殺死的那個女孩子是他們發現的？」我插嘴。

「嗯，而且還看到一輛大卡車被一分為二。」

「一分為二？兇手的力量這麼強嗎？」小明說。

「這個我就……」

「話說回來，茉妮卡妳的能力沒辦法知道犯人的身分嗎？」

「沒有任何線索的話就沒辦法，梅杜莎的力量不是預測能力而是計算能力，就算要求出未知數X也得要有足夠的運算方程式，只有X根本就算不出來。像推理小說那樣揪出犯人也得要得到足夠的線索或提示才行啊。」

「可是……感覺妳經常得出沒來由的結論啊？」

「嗯，這點我也覺得很奇怪。對梅杜莎來說或多或少應該都能計算出一些結果，但這次實在非常奇怪，連梅杜莎都沒能整理出原因。」

「所以，既然妳會在這種時間跑到我家來，表示兇手今天晚上不會出來搞鬼囉？」

「大概……不會吧。」茉妮卡像是現在才意識到這一點，偷偷低頭喃喃自語之後才不安地回答。

「要是他真敢出現，正好自投羅網讓我把他抓起來。」小明運動手指握拳。

「……妳不會是真想這麼做吧？」我說。

她收起手，含著下唇一句話也不說。

「難道你想看見認識的人被他殺害嗎？」沉默了半晌之後，她生硬地開口。

「我不是那個意思……我只是……」

「好了好了，你們兩個別為了這種事又吵架嘛。」

「才沒吵呢。」我們異口同聲。

「沒吵沒吵，」茱妮卡嘆了口氣，揉揉手非常自然地走到廚房去開始忙她的晚餐。

小明沒再繼續說下去，只是默默地看回自己的課本。我到廁所去，甩甩頭用清水洗過臉才回來開始研究先前落後的課業，因為不懂的部分實在太多最後還是只能厚著臉皮問小明，她倒是沒鬧什麼脾氣，像往常一樣仔細地教我。

期間內，廚房的方向不斷傳來嗤嗤的油炸聲，從味道和聲音判斷應該是聞名世界已久的著名英國「美食」之一——炸魚薯條。儘管應該不會太失敗才是，但我還是忍不住從客廳的方向偷偷覷了幾眼，畢竟是用油量大的料理，茱妮卡看起來又有些手忙腳亂，我不免擔心起來。

「我回來嚕——咦，你們都在啊？」

天黑之前暮綾姊提著大包小包非常粗魯地用腳關上門之後衝了進來，她不滿地放下手裡的巨大提袋指著我的鼻子說：「早知道就打電話叫你這小鬼下來扛。」

現在是把我當成馱獸嗎？

小明一看見暮綾姊立刻尷尬地站起來像她打招呼。

「別客氣啦，當成自己家就行了。」

我終於知道茱妮卡究竟是受到誰的不良影響了。

小明戰戰兢兢地坐下。

「今晚妳要留下來吃飯吧，有跟家裡的人說過了嗎？」

「啊……還沒有。」小明匆忙啟動因為上課而關閉的手機，不知道是撥通手機還是月樓的電話，一接通我就隱約聽見趙玄璺急促而緊張的聲音。

小明道歉了幾次，說明是待在我家之後對面的音量才降低下來。小明嗯嗯回應了幾句，切斷通話之後輕輕呼口氣。

享用完茉妮卡特製的炸魚薯條——魚是吃不出種類來路不明的白肉魚，薯條也是手切的十分大塊——之後，我們又在客廳內閒聊了一陣子，雖然說是我們但其實開口說話的人大多是暮綾姊和茉妮卡兩人。

「嗯，妳們倆打算怎麼回去？」結束話題之後，暮綾姊向起身準備離開的兩人問道。

「還是用走的吧。」茉妮卡略微低頭看了小明一眼，然後做出明確的答覆。

「我本來是打算開 Roadster 載茉妮卡回去啦，老哥留下的車子只能載一個人實在不方便，為了公平起見就派個護花使者送妳們兩個一起回去吧。」暮綾姊叼著沒點燃的香菸，聲音含糊地說。

「咦？我嗎？」我說。

「不然你要兩個女孩子晚上在有攔路殺人魔的街上走嗎？」

「如果是我回程時碰到怎麼辦啊？」

「怕什麼？反正他又不找男生下手。」

萬一兇手找不到目標心血來潮咧？

在我說出這句話之前，暮綾姊迅速地把我們三人送出門口，俐落地喀喳鎖上門。

「喂！好歹也讓我拿一下鑰匙啊！」我敲門抗議。

「不用啦，你回來的時候我再幫你開門，路上小心噢。如果回家的路上會怕再打電話給我，姊姊我會十萬火急地開車去接你的。」暮綾姊的聲音在門後越傳越遠。我無奈地轉身，與身後兩位女孩相望。從五樓的高度向外望去，不論怎麼看都是如同往常一樣被路燈干擾變得模糊的黑夜。

「我們走吧。」我對她們說。

在夜間散步，茉妮卡心情似乎十分愉悅，洋裝下白皙的腳輕巧地劃出步伐，口中再度哼響略帶古典的異國風情曲調。

「這是什麼曲子呢？」褅明問道。

「Down By The Salley Gardens，是我很喜歡的民謠噢。」

「走入莎莉花園嗎？聽名字，真是首適合散步時哼唱的歌曲呢。」

「歌詞是取自愛爾蘭詩人葉慈所寫的詩再譜成曲子，是描寫與情人散步很溫柔的詩句呢。」茉妮卡瞇起雙眼，燦爛地笑了起來。

「你們兩個不覺得太悠閒了嗎……」我說。

小明不理會我的感嘆，逕自和茉妮卡哼唱著異國民謠，因為不熟悉曲子成了不和諧的合聲，隨著散步的距離拉長，逐漸在夜中相合，反射於周圍住宅牆面的殘響迴蕩在空氣之中。

我們朝著月樓緩步行走。

ch12.

追跡的追擊

「就是她沒錯吧?」藍斯·杜因向身後的女孩問道。

「沒錯，你做得很好。」女孩露出這陣子難得的微笑，身體向前傾斜。

「妳……妳現在就要出去找她?」藍斯伸手擋在她胸前，阻止她繼續前進，撫子兇狠地瞪視他。

「必須搶在哥哥找到茱妮卡之前把她帶離這裡，難道連你也要違逆我嗎?」

「我只是想，與其現在現身強行把她帶走，不如尾隨她回家，到時候也沒有旁邊的妨礙者。」

「妨礙者?」撫子冷笑:「有我在，還有什麼好擔心的?難道你要說你的影子還無法對付兩個小孩子嗎?」

藍斯皺眉，依照撫子的自信程度，他相信小女孩應該做了足夠的實驗，證明自己的影子鎖鍊足以封鎖任何使者的能力，但他總覺得世事無絕對。

「你能夠完全封鎖能力的話，只要拷貝出世界級的格鬥家不管是誰我都有戰勝的把握，除非他們是什麼功夫大師，不然對付兩個高中生有什麼困難的。」

「那個男孩就是從火場逃出的其中一人吧。」

「嗯……不過旁邊那個少女的來歷我還沒調查清楚。」

「無所謂。」

撫子從背後用力推了蹲踞在地的藍斯，讓他失去平衡向前伸出腳穩住身子，半個身體已經探出隱身的巷子外頭。她隨後走出，大剌剌地出現在迎面走來的三人面前。

詫異的三人停下腳步，看著突然從暗巷冒出來的入來院撫子以及藍斯．杜因。

少年護在兩人面前，警戒地看著藍斯，然而目光掃過藍斯身後體格嬌小的撫子時臉上卻又浮現迷惑。

「好久不見了，茉妮卡。」撫子緩緩地朝三人走去，無視先頭兩人的眼睛直視最後排的茉妮卡。

「撫……撫子！」金髮少女驚愕地叫道：「是撫子嗎？」

「是妳認識的人嗎？」少年一時鬆懈下來，轉頭瞥見茉妮卡的表情之後再度揚起戒心，與那名短髮少女同時展開架式。

「快回到我身旁吧……哥哥他……他已經到這裡來找妳了。」入來院撫子憂心地朝茉妮卡．雪菲爾伸出玉蔥般的手指，像是優雅的舞蹈邀請。

「我已經見過宗介了。」茉妮卡說。

撫子聞言，臉色立刻刷得慘白。

「這……這不可能！為什麼他會在我之前找到妳呢！」她憤恨地瞪向藍斯，眼神蘊含的殺意前所未見地濃烈。

「因為，他不是來找我的。」茉妮卡排開擋在身前的守人和褅明，以穩定的聲音對撫子說道：「是那個人幫妳找到我的嗎？」

「妳突然一聲不響從我身旁離開，妳知道我有多擔心妳嗎？」

「對不起，」茉妮卡坦然地道歉：「但是我非到這座島上不可。」

「就、就算這樣，妳也可以和我商量呀！」

「妳不會放我走的。」茉妮卡搖搖頭。

藍斯安靜地待在一旁，暗自推敲兩人之間的關係。按照兩人之間的對談來看，這金髮女子八成也是影子使者，而且還擁有對入來院家族極具重要性的能力。撫子認為入來院家還有其他人在找尋這位女子，所以才急著僱用自己尋找她，但其中卻存在著關鍵性的矛盾，既然入來院家已經派人找尋茉妮卡・雪菲爾，又為何撫子需要如此著急？他揣測眼前的情勢，他不認為會立刻進入需要戰鬥的狀態，卻還是習慣性地預先做好準備。

撫子又趨前幾步，茉妮卡相對地退卻到那對少年少女身後。

「為什麼……要躲著我呢？」

「……宗介他是來找妳的。」他聽出茉妮卡・雪菲爾聲音有些緊張。

「妳說什麼？」

「回去吧，撫子，宗介他不是來找我，而是來帶妳回家的。」

「別想騙我！哥哥他怎麼……怎麼可能！」撫子嬌俏的臉蛋陡然扭曲，發狂似地指著他們大吼：「捉住茉妮卡・雪菲爾！」

少年身旁閃現藍光。

少女右臂暴脹巨爪。

「哼……哈哈哈……茉妮卡，妳難道忘卻我的能力了嗎？」撫子遮掩笑容，無視召出影子的兩人直勾勾地盯著茉妮卡瞧。

「不好……你們快把影子收起來！」茉妮卡試圖警告卻已經無法阻止。闇色的鎖鍊瞬間纏繞住浮現在少年身旁如同銀色甲蟲般的奇怪機械和少女充滿狂氣的右腕。

「竟然是附身型……」撫子小聲地說。

少女的右腕被鎖鍊拉引至半空中，發出驚心的叫喊。

藍斯把握時機召出自己的Doll，黑影從腳下竄出幻化成拳擊手的姿態，決絕向前衝刺。得手了！他在心中暗忖。

但事態卻出乎意料，那名少年沒有受到鎖鍊的束縛，竟然毫無猶豫快速地向著拳擊手衝去，影子與少年瞬間相交互擊，似乎連拳手的意志也沒有料到少年會採取如此行動，胸口猛然遭到少年肘部刺擊，拳手動作剎時停頓，隨即屈膝頓步在近距離以四十五度角揮出左勾拳朝著少年側腹打去。

拳擊正中少年的腹腔，藍斯的耳際彷彿能夠聽見肋骨的碎裂聲。

少年被打倒在地，卻只是短暫掙扎了一下就立刻從地上爬起。

「可惡……痛死我了！」少年捂著側腹，露出痛苦的表情。

藍斯訝異地看著那少年，不明白眼前到底發生了什麼事。不只是在瞬間做出反應破壞拳擊手的攻勢，而且腹部肋骨遭到如此強烈的直接打擊，不要說是普通的高中生，就算是職業拳擊手也沒辦法只是說聲痛死我了就好像沒事般地站起來。

他曾經在拳擊賽場上看見這名拳擊手使出的肝臟攻擊，當時對手只挨了這猛烈的一擊就彎膝倒下再起不能，也是因為如此藍斯才想方設法地得到他的體液，而事後也證明這招不僅止是在拳擊場上有效，挨過扎實肝臟攻擊的那種痛苦表情藍斯這輩子都不會忘記。

而眼前只不過是區區的高中生，竟然……

「傻愣著幹嘛？給我繼續攻擊解決他們啊！」撫子的命令讓他回過神來。

「締明妳快帶茉妮卡逃走！這裡由我來擋住他們。」

少年挺身向前，以拙劣的架式與拳擊手展開攻防。

不只是耐力，就連速度和揮拳的力道也十分恐怖，如果不是技巧不足自己的影子說不定兩三下就會被打倒。拳手只能勉強抵禦沒有拳擊手套保護的直拳以及不時從詭異角度揮出的肘擊，打出的反擊雖然全部命中卻無法對少年產生明顯的傷害。

藍斯可不想親身加入戰局。就算是二對一他也不想跟能和自己的影子打成平手的傢伙戰鬥。

就在他猶豫不決的時候，解除能力的少女已經帶著茉妮卡．雪菲爾逃逸無蹤。眼前只剩下擺出防禦姿態的男孩，而那具被鎖鍊綑綁的機械也已經消失。

「到底怎麼回事！難道你真的連一個中學生也沒辦法解決嗎？」撫子咬牙。

所以我才說先偷偷跟著他們回去，剩下的要強行綁架還是誘拐之後再說嘛。藍斯眉頭深鎖，在心底咋咋舌。

真沒辦法，直來直往行不通的話就只能換成別的招數了。

拳擊手消去表面輪廓，再度幻化成外表高大剽悍的總合格鬥選手，他可是藍斯精心挑選出的關節破壞技高手，在柏油路上頭打雖然很可能會被粗糙的地面磨得鮮血淋漓，不過無所謂，只要把眼前少年的腿骨折斷就不信還能像個沒事人一樣站起來。

少年因為痛楚變得汗流浹背，氣喘吁吁地看著眼前拷貝變化的格鬥家。

轉眼間迷霧從周圍滲透而出，晦澀的霧靄籠罩三人。

ch13.

隱藏的試探

灰濛濛的霧氣從我身邊漫出，那對男女似乎也陷入錯愕之中，右側腹被打中的地方簡直痛到不行，是不是連骨頭都斷掉了啊，骨頭被打斷就是這種感覺嗎？其他被痛毆的地方也痛得要命。我後退幾步，滿頭大汗地看著不遠處模糊搖晃的人影正在激烈地爭吵。我轉頭觀察四周，雖然景物變得很不清楚，但因為附近的地段還算熟悉，要辨識出道路的方向並非難事。

我轉身朝褅明和茉妮卡離開的方向衝去，那兩個人陷入混亂中並沒有立刻追上來，轉入另一條道路霧卻還是一樣迷濛叫人厭煩，水氣像是要滲進眼球一樣癢得不得了，眨了眨眼馬上就流下眼淚。

這霧到底是怎麼回事？

——是能力者。

夸特恩直接對我發出訊息。

可惡，視線這麼差根本沒辦法全速跑步。

「夸特恩，用你的能力引導我！」

——了解。

毫無猶豫，我用力踢向地面憑藉薄弱的印象和大略的方向感在迷霧中奔跑，街道變得像是永無止盡的迷宮般延伸，只能從頭頂上的白色光暈推敲道路的走向。我以極速奔馳，將轉彎的時機交給直覺和夸特恩，如果一個失足我就會撞上牆壁或電線桿，卻毫無窒礙通行無阻，除了迎面撲來的水霧之外我什麼也看不見，腹部持續傳來疼痛感，每踏下一腳都好像快窒息一樣喘不過氣來。

咬著牙繼續奔跑，夸特恩的能力持續運作，但是我已經快撐不住了。那兩人到底跑到哪裡去了啊？因為幾乎無法辨認周遭景物我連身在何處都不曉得。

對了，手機！從口袋裡拿出手機撥號，在第一聲鈴響停止前電話就接通。

「喂喂——」我朝著電話那頭大叫。

「守人？你沒事吧？」小明的聲音瞬間就將我的不安感降低，怦怦作響的心跳聲敲擊耳膜，我只能不住喘氣幾乎連一句話都說不出來。

「呼……妳……妳們現在在哪？」緩過氣之後我繼續移動尋找小明和茉妮卡的蹤跡。

「好像是在學校附近，因為突然被霧包圍，我和茉妮卡小姐只能摸著牆壁慢慢走。你還好吧？那兩個人呢？」

「他們沒有追過來……妳們暫時不要移動，我馬上過去找妳們。」

「我明白了。」

切斷電話，繼續朝著霧的深處前進。不管是聽覺還是視覺都像是被包覆上一層水氣所製成的膜衣，空氣中充斥著水的味道，不止感官，連精神上的壓力都十分沉重。所謂的身陷五里霧中就是這種感覺嗎？閃過一輛開著遠燈緩速行駛的汽車，駕駛很明顯地嚇了一跳狂按喇叭，車開過後我惱怒地踹了立在旁邊的路燈一腳，然後一腳又一腳再繼續跑。

路上幾乎沒有其他行人，仔細想想也是當然的事。誰會在攔路殺人魔橫行的夜晚出門啊？不要說女孩子連男生都不會想這麼做吧？我越來越覺得暮綾姊根本沒把我當人看。

「你能不能解決這煩人的霧？」我問夸特恩。

——沒辦法，我無法做到這種程度的意志干涉，因為不是單純的物理現象，只要能力者不解除，無論用什麼方法都不能消除霧。

我咬咬牙，在亂巷中像隻無頭蒼蠅般橫衝直撞，我到底已經跑了多久了？因為腹部的傷好像連時間都變得緩慢下來，我對視野內的白茫一片呼喊小明和茉妮卡，幾乎就像回音一樣，不遠處立刻傳來細小的應聲。

我認出那是小明的聲音，依循聲音的源頭細心尋找，好不容易才在一處路燈下找到背靠背互相觀察著周圍的兩人。三步併作兩步飛奔過去之後，我發現梅杜莎也被召喚出來，小明的右手變化成獸的型態，兩人好像防範著潛伏在霧氣中的某種東西似的，架式中飽蘊警戒。

察覺我接近的時候小明橫起右腕，黑壓壓的筋肉和獸毛成為盾牌。

「是我啦，不要攻擊喔。」我從遠處出聲警告，避免突然出現嚇到她們。

小明放鬆身體，盯著我緩緩靠近，直到大約三公尺的距離我才能勉強看清楚她們的臉。我注意到一對黑色獸耳尖尖地從褅明的頭頂翹起，隱隱約約地張動。

「妳們兩個都沒事吧？」我瞪著那對耳朵，心不在焉地問。

小明點點頭，接著注意到我的視線馬上用手遮住那對多出來的耳朵。

「不……不要一直盯著看啦！」她羞澀地說。

「撫子他們沒追來嗎？」茉妮卡在後面怯怯地問。

我搖搖頭：「這陣霧剛出現我馬上就趁著霧氣逃跑了，找妳們花的時間還比較多呢。」

我揉揉胸腹間的肋骨，一陣刺痛馬上沿著神經直擊大腦讓我又忍不住叫出來。

「很痛嗎？」小明擔憂地說。

「還撐得住，妳們兩個剛剛是在害怕什麼緊張兮兮的？」

「嗯？我沒跟你提過嗎？」茉妮卡戳著臉頰，滿臉迷惑地說：「那個攔路殺人魔就是趁著霧色四處行兇，我怕突然遇到他所以才要小明也變身。」

「不要說這是變身啦！」小明抗議。

「有什麼關係嘛，耳朵很可愛為什麼要遮起來呢。」茉妮卡說。

「我說妳們兩個，現在應該不是討論耳朵的時候吧。」我盡量將目光從長在小明頭上的那對獸耳移開，對著茉妮卡問：「妳不覺得關於殺人魔的能力這麼重要的事應該早點說出來才對嗎？」

茉妮卡‧雪菲爾滿臉無辜地望著我，雙手不斷捏著手指。

「話又說回來，妳剛才不是說那個殺人魔今晚不會出現嗎？」我邊用腳板輕踩地板邊追問茉妮卡。

「真是不好意思，是我的問題失誤了。」茉妮卡低下頭：「梅杜莎確實是回答我今天他應該沒有打算犯案，他如果只是出來逛街的話當然不在此限。」

「妳不覺得有點硬拗嗎？」我無奈地嘆氣。「不過他應該沒有必要沒事就使用能力吧？這樣做對他有什麼好處？」

她轉頭向梅杜莎低語。

「依照梅杜莎的分析，」茉妮卡伸手觸碰根本無法捉住實體的霧氣。「他有可能是為了重新驗證自己的能力在作實驗或測試。但是為什麼會突然這麼做，梅杜莎就……原來如此，昨晚他可能遇見……」茉妮卡突然捂住嘴，好像說了什麼不該說的話似的。

「……遇見什麼？」

「我是說……他可能知道黑騎士在尋找他了。」

「那他為何要特意跑出來使用能力讓人找？」禘明問道。

「就……就是這樣實驗才有意義啊！」

茉妮卡的說辭的確是沒什麼破綻，但我總覺得她有什麼事情瞞著我。

「對了，剛剛妳和那兩個人說的宗介又是誰？」我問。

茉妮卡．雪菲爾正以畢生最快的速度進入滿頭大汗模式。斗大的汗珠誇張地從她的額頭滑下來，因為霧氣變得有些濕潤的頭髮更是變得越來越捲。

「油嗎……臥剛剛有縮媽……」鄉音都跑出來了。

「好了，你就先別逼問茉妮卡了，現在的當務之急是要先想辦法脫離迷霧回到月樓才對。」小明阻止我繼續問話。「那種問題回去再問也不遲。」

「好吧，總之先找到回去的路……」我看了看四周，霧絲毫沒有散去的跡象，路燈照映下環境變得更加迷濛，水華扭曲光，在空氣中拉出稠黏的絲。

我讓夸特恩現身，要他使用更強烈一點的方式將我們引回去。茉妮卡看得目不轉睛，喜孜孜地抱著飄在空中的夸特恩不放。

「這個樣子讓我很困擾，茉妮卡小姐。」夸特恩震動空氣發出聲響。

「唔……縮小的夸特恩真的很可愛嘛。」

「好了，」小明把茉妮卡拉開。「接下來該怎麼做？」

「跟在我後面走，我會放慢速度，順利的話閉著眼睛也能走回去。」我讓她們跟在我身後呈一直線前進，為求保險，茉妮卡抓著我的衣角，小明抓著茉妮卡的衣角防止有人突然掉隊前方的人也能發現。

花費比平時長上數倍的時間，我總算隱約在茫茫霧氣中辨識出月樓附近的地景，判斷方向之後我逐漸加快速度，月樓應該就在不遠處。

灰黑的霧幕中，一輛巨大的機械動力車輛伴隨著橙色燈光和引擎聲浪從對向出現。

騎士戴著黑色全罩式安全帽，還有另一個身影坐在她身後。

想也不用想就知道是李彥丞和翁子凮。

和平時粗獷厚重的重型機車不同，這次騎乘的是具有速度感的競速車型。

我們從前方接近的時候車子戛然而止，翁子凮瞇起眼睛，為了確保視線她並沒有關上防風鏡。坐在後頭的李彥丞簡直就是怒髮衝冠，紅髮火焰似的向上衝，安全帽掛在頸後，一臉怒容再加車頭燈的光線打在臉上，心臟小一點的人大概會被嚇得當場昏厥。

翁子凮扭轉油門，震撼心跳的排氣爆響。

「你們怎麼會在這裡？」翁子凮的聲音透過安全帽傳來，看不見表情，但露出的雙眼卻凍得讓體感氣溫下降了數十度冷冽得緊。

「你們難道不知道有殺手在外面遊蕩尋找目標嗎？尤其是妳。」她指著茉妮卡，十分尖銳地問。

茉妮卡老實地低頭，從剛剛她就一直被罵連我都覺得有點不好意思起來。

「跟派不上用場的傢伙說那麼多沒用啦！」李彥丞連看也不看一眼，臉轉向旁邊不屑地用鼻孔哼氣。

「你是什麼意思？」我問。

「我說的話有這麼難懂嗎？不能戰鬥的傢伙跟廢物有什麼不一樣？」

「什麼叫我不能戰鬥！」

「哼！老子現在沒空閒對付你這小菜一碟，不然就先揍你一頓出氣。」

「你……」小明從後面拉住我。

「你們快回去吧，我們的工作就不用你們費心了。」翁子囷踩下離合器，機車蓄勢準備從我身旁離去，瞬間加速之後用難以想像的加速度噴射而出，排氣管噴出的廢氣和霧混合形成詭異的渦流。

看見李彥丞那挑釁的態度真的讓我很火大，「你們先回去，往前再走不久就可以到玄罌哥的店了。」我轉身朝著他們離開的方向走去。

「等等守人！你想幹什麼？」小明抓住我的肩膀卻被我甩開。

「我馬上回來。」那個攔路殺人魔我也已經受夠了，光是這陣霧就讓我有種想打爆他的衝動，夸特恩在的話根本沒什麼好怕的。我旋即回身衝刺，尾隨重機引擎留下的餘響，小明和茉妮卡很快就消失在我身後連聲音也聽不見，沒問題，疼痛已經舒緩很多，可以全力疾走。

「夸特恩。」

「你太衝動了。」它出現在我身旁，以一種譴責式的語調說話。

「你可以進行引導，讓我搶先找到那個殺人魔嗎？」

「這次恐怕有些困難。」

「用我能聽懂的說法解釋。」

「他的霧並不是普通的霧，而是同時兼具能量型和具現型的混合能力，是十分稀有的使者。如果他刻意躲避的話，想在霧裡抓到他就像在暗房裡抓黑貓一樣困難。」

「很好懂。」我點點頭，「所以你有其他方法找到他？」

「正確地說，是讓他找到你。」

「唔？」

「是相當有風險的辦法，既然抓不到黑貓，就讓黑貓變成狩獵者。」

「也就是說，讓我來充當獵物囉。」

「是的。雖然以我的立場並不鼓勵你這麼做……」

「快弄。」

夸特恩並沒有回答我，只是胸口陡然發光閃滅。

「靜止不動，他會比較容易找到你。」它留下最後一句話，轉瞬消失。

我聽從夸特恩的建議停下腳步，獨自站在霧氣之中讓我覺得被一種特別的氛圍綁縛，和剛才尋找小明與茉妮卡時完全不同，抬頭望見昏黃的微弱月暈朦朧地發光，我調整呼吸盡快恢復到正常狀態，心跳異常地平靜。

我緩慢地眨動眼睛，眼球表面變得濕潤，我揉揉眼睛然後閉闔眼瞼，沉入黑暗之中。秋末的溫度和運動後的微熱感自身體中心向外發散，氣流完全凝滯，連一絲細微的風也沒有吹動。心臟在身體內鼓動，霧像是溫暖的水的外衣包裹著我。

睜開眼，人影在我眼前晃動，但速度卻遠超過我的反應。那是個穿著奇特寬鬆服飾的蒼白男人，眼瞳充血如同妖物般出現在我眼前，他手裡握著刀，是把日本刀，彎曲的刀身無聲地滑出鞘，刃面反射著陰鬱的光在我眼中慢動作播放著。我的意識加速，身體卻沒辦法做出正確快速的反應跟上那爐火純青的拔刀技巧，刀尖離鞘我卻連眼皮都來不及眨下看著刀刃的寒光自我的右頰視線死角揮來，甚至連眼球轉動的速度也無法追上。

我要死了？這個男人就是攔路殺人魔嗎？難道我真的有這麼沒路用連動也動不了毫無反抗地死在他的刀下？我真的就像李彥丞所說的連戰鬥都作不到嗎？我能夠打贏炸彈魔和因摩陀真的完全是運氣好和夸特恩的功勞，我只是個沒用的宿主罷了。我感到身體總算起了反應逐漸朝著左側閃躲卻來不及，刀刃會直接砍過我的喉嚨，切斷動脈和氣管一刀斃命。我的腦袋沒有浮現走馬燈而盡在想這些事，最後，我的眼睛完全閉合陷入黑暗。

鏗。

銳利的金屬交錯聲清脆地在耳邊響起。

頸側感到一陣涼意和微弱的痛覺，我睜開眼睛，看見那蒼白的男子維持著出刀姿勢在我面前靜止不動，我移動身體瞪著架在我頸肩之處的利刃。

刀刃只輕輕劃過皮膚，幾乎沒有傷到我。

刀背抵著另一把刀，刀身因為力的相衡而微微顫動，發出懾人的閃爍。

日本刀快速朝反方向揮舞，彈開握持著短刀的手。

那隻男性的手縮回灰暗的霧中，我扭轉肩膀向後看卻只覷見一道撲朔不清的影子潛伏在不遠處，很快地失去他的動向。他應該還在附近，只是完全無法判斷位置。我猶豫地看著身旁拿著紅色劍鞘和日本刀的蒼白男人，不知該如何是好。

「在下說過了，您的行為令在下十分困擾。」那蒼白男子對虛無霧氣說。

怎麼回事？

從後方襲擊我的人才是真正的攔路殺人魔嗎？

而這個人是在保護我……嗎？

眼前的男子體格瘦弱，身高似乎比我還矮一點，淡綠的寬鬆衣袖隨著他的收刀動作擺蕩。

「真是千鈞一髮呢。」他搖搖頭，甩動銀白纖細的髮絲。

在新月的照耀下他的膚色更顯得白皙，血管從薄薄的皮膚下浮出，眼中的血色還沒褪去。

而他此時直盯著我，眼睛貓般瞇細。

「在下，入來院宗介。」霧氣迅速退散，日本刀悄然入鞘。

頸間淌下的血，染紅衣襟。

——To be continued

後記

大家好，很榮幸能夠再與各位讀者見面。我是墨筆烏司。

這次的敵人是個潛藏在霧中的殺人者，雖然殺人鬼這種角色時常出現在各式各樣的作品之中，但動筆寫到一半的時候我還是不禁有種「寫出這樣的人物真的沒問題嗎？」的感覺。不僅如此，還讓他於故事開頭就不停刺殺女性，讀者會不會以為作者極度仇女啊？我必須在此澄清絕對沒有這回事。我絕對歡迎女孩子成為我的粉絲。

角色的靈感是來自聞名世界的英國殺手開膛手傑克，在濃霧瀰漫的倫敦夜色下以殘忍的手法殺死了五名女性，而且沒有任何人能夠逮住這位兇狠的犯人，無論怎麼想都覺得有些不可思議。在第五件命案落幕之後，開膛手傑克就兀自消失，留下一堆難解的謎團和更多的疑似受害者。對開膛手傑克真實身分的推敲很多，至今他也依然在許多創作作品中活躍著。

開膛手究竟消失到哪裡去了呢？或許存在著一種，被那個時代的「能力者」消滅的可能性也說不定？↑又在妄想。

這篇故事裡我擅自揣測了行兇者的許多想法和意志，這當然不是正確的東西，是違背世間常理的思路，但我還是忍不住將其呈現在故事裡面，某種層面來說也算是對於此類題材的一種抒發。另外書中也突然出現了兩個妹妹，這其中並沒有什麼特殊的涵義，一切都只是巧合罷了。

最後要再次感謝三日月編輯部、責編阡陌對於寫作上的建議，以及畫出前凸後翹十分可愛的茉妮卡插畫繪師阿特，當然還有閱讀到這個地方的讀者們，我們下次再見。

墨筆烏司

高寶書版集團
gobooks.com.tw

輕世代 FW035
影子戰爭03

作　　者　墨筆烏司
繪　　者　阿特
編　　輯　張心怡
校　　對　王藝婷、許佳文、賴思妤
美術編輯　陸聖欣
排　　版　彭立瑋
出　　版　英屬維京群島商高寶國際有限公司臺灣分公司
　　　　　Global Group Holdings, Ltd.
地　　址　臺北市內湖區洲子街88號3樓
網　　址　gobooks.com.tw
電　　話　(02) 27992788
電　　郵　readers@gobooks.com.tw（讀者服務部）
　　　　　pr@gobooks.com.tw（公關諮詢部）
傳　　真　出版部　(02) 27990909　行銷部 (02) 27993088
郵政劃撥　19394552
戶　　名　英屬維京群島商高寶國際有限公司臺灣分公司
發　　行　希代多媒體書版股份有限公司/Printed in Taiwan
初版日期　2013年6月

國家圖書館出版品預行編目(CIP)資料

影子戰爭 / 墨筆烏司著. -- 初版.
-- 臺北市 : 高寶國際, 2013.06-
冊；　公分. -- (輕世代 ; FW035)

ISBN 978-986-185-872-2(第3冊 : 平裝)

857.7　　102000132

三日月